文春文庫

俳優・亀岡拓次

戌井昭人

文藝春秋

目次

単行本　二〇一一年九月　フォイル刊

DTP制作　ジェイ エスキューブ

俳優
亀岡拓次

寒空の街

長野

また一人で酒を飲んでいる。初めて来た街の裏路地で、赤提灯、薄汚れた暖簾《のれん》は手垢にまみれ擦り切れている。

蛍光灯が明るすぎる店内は、キレイではないが、不潔な感じはしない。亀岡はカウンター席の粗末な丸椅子に座り、コロッケと御新香でビールを飲んでいる。カウンターの中では六十歳くらいの痩せて無口そうなおやじが、お茶を飲みながら入り口脇にある冷蔵庫にのっているテレビを眺めていた。

テレビでは時代劇が流れていた。亀岡は半年前、その時代劇に、ケチな商人の役で出たことがあった。

今回は「下足の泥」という映画の撮影でこの街にやって来た。亀岡は旅館の番頭で、いちゃもんをつけてきたヤクザ者にガラスの灰皿で殴られ、救急車で運ばれる役だった。

前日の夜こちらに着き、今朝は明け方に現場に入ったが、亀岡以外のスタッフや俳優はまだ撮影をやっていて、みんなよりも一足早くホテルに戻ってきた。

現場を去るとき夕食の弁当を渡されたが、酒が飲みたかった亀岡は、弁当をホテルの部屋に置きっぱなしにして、駅の方まで歩き、この店に入った。

外は冷たい風が吹いていた。なんでもこの街は寒風が有名で、その気候を活かし寒天が名産らしい。寒天をどのように作るのか知らないが、名前からして寒い場所で作るのだろう。

亀岡は職業俳優で、たまにテレビドラマに出ることもあるが、ほとんどが映画の出演なので、世間に顔をさらして歩いていたとしても、「ああ、どこかで見たことがある」という程度だった。

年齢は三十七歳で、実年齢よりも十歳くらい老けて見える。髪の毛は天然パーマで頭部が少し薄くなっている。普段はバリカンで短くして坊主頭にしていたが、監督やプロデューサーの要望に応じて伸ばしていることが多い。風貌も相まって天然パーマの髪を伸ばすと、随分と奇怪な見た目になってしまう。だから普段は、なるべく短髪でいたかった。しかし監督達にはその奇怪さを重宝がられ、短くする機会を失っていった。

身長は一七二センチで背はそれほど高くないが、学生時代に野球をやっていたので筋肉質でがっしりしていた。色黒の顔に、目はいつも眠たそうで、とぼけた印象があるので、ほのぼのした役が似合うと思いきや、暴力的なシーンでは逆にその目が恐ろしく映る。要するにバイプレイヤーというやつだ。

世間的に認知度は低いけれど、監督やプロデューサーは亀岡を重宝がり、仕事は途絶えることはなかった。

結婚もしていないし恋人もいない。入ってきたギャラはすべて自分の為に使ってしまい、貯金もない。趣味はオートバイでぶらぶらツーリングに行くこと、夜は居酒屋やスナックに繰り出し、酒を飲むのが楽しみで、生活は地味だった。

酒場のテレビは時代劇が終わると世界各地の料理を紹介する短い番組が始まり、外国の港町の映像が流れた。亀岡はビールをコップに注ぎながら、眠たそうな目でテレビを眺めていた。

テーブル席に座っている爺さんは、赤い毛糸の帽子をかぶったまま、一人静かに熱燗を飲んでいる。

テレビに映る気候の温暖そうな港町では、女性レポーターが、「わたしは今、スペインはガリシア地方の港町、ポルト・ド・サンに来ています」と言っていた。

それからレポーターは海の脇にあるレストランのテラスでイカを食べ始めた。イカの身の中にはご飯が詰まっている。

「これは、日本でいうとイカメシですね、スペインにも同じようなものがあるなんて不思議ですね」

彼女がわざとらしい表情で驚くと、横に立っていた店主のスペイン人のおっさんが大きな声で笑った。

「ここ、ポルト・ド・サンは、イカの他に、タコも有名なんですよ」

レポーターが言うと、おっさんが、

「プルポ！」と叫び、店の奥から大きなお皿が運ばれてきた。

「プルポとはスペイン語でタコのことなんです」

運ばれてきたお皿には、ぶつ切りにされたタコの足が盛られ、上からパプリカやオリーブオイルがかかっていた。

「このタコ料理はプルポ・ア・フェイラと言いまして、日本語に訳すと、タコ祭りといいまして、ほーら見てください、このタコの盛られ方、本当にお祭りみたいですね」

あんなところに行ってタコを食べてみたいもんだと亀岡は思った。

旅行といったら、いつも一人オートバイでどこかの温泉に行って、夜はスナックに繰り出し、酒を飲んでカラオケを唄うことしか、この数年間はしたことがなかった。

ビールがなくなったので熱燗を頼もうとすると、カウンターの中にさっきまでいたおやじの姿は見当たらず、代わりに三十代半ばの女性が白いセーターの上に真っ赤なエプロンをして、ポケットに両手を突っ込んでテレビを眺めていた。

テレビでは美容液のコマーシャルが流れている。彼女は口紅を薄く塗り、少し疲れた目をしていたが、なんだか色っぽい人だった。

「すいません」

亀岡が言うと、彼女はテレビから視線を外し亀岡を見た。

「あ、はい」

「熱燗をください」

「熱燗ですね、はい」

「あと、タコください」

「タコ。はい。タコブツでいいですか？」

「はい」

「あー、お客さん今のテレビ見たからタコ食べたくなったんですか？」

彼女は亀岡を見て微笑んだ。

「そうかもしんないです」

「美味しそうでしたもんね、でも、うちのはただのタコブツですからね」

「大丈夫です。おれタコブツ好物なんで」

「タコブツ、タコブツ」

彼女は鼻歌交じりで熱燗をつけてくれた。地元の人だろうか？　ずっとこの店で働いているのだろうか？

そして冷蔵庫から取り出したタコの足を馴れた手つきで切り始めた。その動きは先ほどカウンターの中に入っていた、おやじに劣らずテキパキとして無駄がない。

無駄のない人の動きは心地よい。自分の職業である役者でも、無駄のない演技をする役者を眺めているときは心地よかった。逆にいやらしいくらいの細かな演技や、必要以上に感情を表わしてくる役者は好きではなかった。特に小器用に、そんな演技をする役者を見ると腹立たしさすらおぼえる。

熱燗ができると彼女は徳利とお猪口をカウンターに置き、「どうぞ」とお酌をしてくれ、

「タコは、あの港町、想像しながら食べてください」と言った。

「はい。そうしてみます」

熱燗を口に含むと、入り口の脇に座っていた赤い毛糸の帽子を被った爺さんが立ち上がり、「お勘定お願い」とカウンターにやって来た。爺さんは金を渡し、彼女となにやら話をして店を出て行った。

客は亀岡一人になってしまった。彼女はテーブル席から爺さんの食べていた食器を下げ、カウンターの中で洗い物をしながら、

「あっそうだ。お客さん、寒天食べますか？　あまっちゃっているから、サービスしますけど」と言った。

「ありがとうございます。寒天ってここら辺の名産なんですよね」

「そうなんですよ」

「駅前のお土産屋にノボリが立っていました。『寒天寒天』って書いてある」

「まあ、たいしたものじゃないんですけどね、さっぱりして良いですよ」

彼女は冷蔵庫から、プルプルした四角い寒天のかたまりを出して、包丁で薄く切り皿に盛って、酢醤油を出してくれた。

亀岡は箸で寒天をつまみ、口にした。

「どうですか？」彼女は言った。

寒天そのものは、なんの味もしなかった。

「そうですね。なんていうか、なんてことない味っていうか」

「あら。そんなこと言ったらここら辺の人は怒りますよ。なんせ寒天しか名産がないんだから」

「ああ。すんません」

亀岡が焦ってすまなそうな顔をすると、彼女は、

「でも、本当になんてことない味なんですけどね」と言って笑った。

「ここら辺の生まれですか？」

「そうですよ」

「そうか。じゃあ美味しいですよ。これ食感がね、あれなんですね、独特といいますか」

「じゃあなんて言われてもね」

「いや、美味いです」

「もう遅いですよ」

彼女は笑いながら洗い物を続けた。

外は強い風が吹いているらしく、入り口の扉がガタガタ音を立てている。

もう客がやってくるような気配はない。

「あの、なんか飲みますか？　おれご馳走します。寒天のお詫びに」

亀岡は言った。

「そうですか、それならこの街を代表して、そのお詫びを受けますんで」

「なに飲みます？」

「じゃあ、ビール飲んじゃおうかな」

「どうぞどうぞ」

彼女は冷蔵庫からビール瓶を出して栓を抜き、「いただきます」とコップに注ぎ、カウンターの中で立ちながら飲んだ。

しばらく話をしていると、彼女は突然、亀岡の顔をまじまじと覗き込み、「あれ？　なんか、お客さんどこかで見たことあるけれど、どうしてだろう？」と言った。

「いや、よくある顔ですから」

「そうかな？　そんなよくあるような顔には見えないけれど」

実際に亀岡の顔は、よくあるような顔ではない。なんせ奇怪な風貌で監督に重宝がられているくらいだ。

「お仕事ですか？　こっち来たのは？」

「まあ、そうです」

「出張？」

「そうですね、はい」

「なんのお仕事ですか？」

「なんのつうか、まあ、あれです。国道にボーリング場ありますよね」

「はい」

「あそこに、ボーリングの球を売りに来たんですね」

「ボーリングの球？」

「はい」

「球持ち歩いて？」

「いや、球は重いから、カタログですね」

どうもこのような場所で、自分が役者だと言うのははばかられ、嘘をついてしまった。

ボーリングの球を売っているということにしたのは、泊まっているホテルの近くにボーリング場とショッピングセンターが一緒になった場所があり、そこを思い出したからだった。

「じゃあ、球を売りながら各地まわっているんですか」

「まあそうですね。そんな感じです」

しかし実際ボーリングの球を売り歩いている人なんて本当にいるのだろうか？ それにこれ以上質問されると答えられないので、話題を移さなくてはならない。亀岡は彼女に質問をした。

「ここで働いて長いんですか？」

「長いっていうか、この店私の実家なんですよ」

「さっきカウンターの中にいたのがお父さん？」

「そうです」

「ずっとお店を手伝っているんですか？」

「いえ、あたし一ヶ月前に出戻ってきたんです」

「はあ。そうなんですか」

「お客さんはどこから？」

「東京です」

「あたし東京ってあんまり行ったことがないですよ。一回住んでみたいけど」

「住んでも、別にたいしたところではないですよ」

「でも、ここよりはマシでしょ」

「まあ、そうですね」

「またこの街の人間を敵にまわしましたね」

「あっ、すんません」

「でもほんとに。なーんにもないんですから、ここ」

「寒天あるじゃないですか」

「でも寒天ですよ」

「そうですね。あっ、すんません」

「寒天だけですよ。冬は寒いだけだし。さっきテレビに映ってたスペインの港町なんて本当にあるのか、信じられませんよ。同じ地球とは思えないですもん。あんなところ、住んでみたいな」

「おれも住んでみたいです」

「人間もカラッとしてるんでしょうね、あんなところだと。ここら辺もカラッと乾燥してるけど、寒いだけだから、みんな縮こまっちゃってますよ」

「おれも、縮こまって生きてます」

「でもね、ここは御柱のお祭りってのがあるんですよ。知ってます？」

「長い木に乗って、斜面滑り落ちる、あれですよね？」

「はい。御柱のときは凄いですよ、寒くて縮こまった人達が一気に飛び出しますから、ここら辺の人は、御柱があるから生きているようなもんですから」

「寒天じゃないんですか」

「寒天なんて関係ありません。御柱は誇りですから。それこそ御柱の悪口を言ったら、殺されますから」

「おれ言ってないですよ」

「絶対、言わないでくださいね。あたしも、ここから包丁投げちゃうかもしれませんから」

「はい」

亀岡は熱燗を飲み干し、もう一本つけてもらった。

テレビでは、アメリカで宇宙飛行士の女性が逮捕されたというニュースが流れていた。女は同僚の宇宙飛行士に会いに行くために一四〇〇キロの道程を、オムツを穿いて車を飛ばした。男には妻がいて、浮気の末、女は男に捨てられ、その怨みをはらすためスパナで男を殴り、全治三ヶ月の怪我を負わせ逮捕されたのだった。オムツを穿いていたのは、途中で用を足したくなっても、止まらずに車を走らせることができるからだったらしい。

「宇宙飛行士って、訓練でオムツとか穿くのかな」と亀岡は言った。

「なんでですか?」

「宇宙へ向かってる最中、便所行けないでしょ、特に発射直後とか」

「でも宇宙飛行士って沈着冷静じゃなきゃ困りますよね。ここ地球ですよ」

「地球ですよね」

「でも浮気の末だから仕方がないのかな、女の怨念は凄まじいから」

彼女は自身に思い当たる節があるのか、少し遠い目をして言った。

「女の怨念がオムツの中にこもっていたんですかね。二人は宇宙に行ってたときに浮気をしたのかな?」

「そうだったら、ますますタチ悪いですよね。宇宙でなにやってんだって感じですよ。宇宙で浮気なんてするなら、そのまま地球に戻ってこなけりゃいいのに」

彼女は憎々しげに言った。

やはり、なにか思い当たる節でもあるのだろう。亀岡はさきほど彼女が、出戻ってきたということを話していたのを思い出した。

「お客さんは結婚してますか？」と彼女が言った。

「いや。独り者です」

「恋人は？」

「恋人もいません」

「あたし、旦那と別れてみて思ったんですけど、一人の方が気楽ですよ」

「でも、一人って淋しいですもん」

「淋しくなったら、また飲みに来てくださいよ」

「オムツ穿いてこようかな」

「オムツ取り換えてあげますよ」

「ほんとう？」

「いいですけど。そういう趣味あるんですか？」

「いや、ないと思います」

彼女はわざと訝しそうな顔をして、笑った。

「あの、お名前は？」と亀岡は訊いた。

「室田です、この店もムロタっていうんです。下の名前は安曇《あずみ》です」

「安曇さんですか」

「安曇野って場所があるんですよ、母がそこの出身で、それで安曇です。お客さんは？」

「亀岡です」

「亀岡さんですか」

名前を聞くと彼女は笑った。

「なんですか？」

「亀岡さん、亀みたいです。お店、寒いですか？　首が縮こまってますよ」

これは亀岡の癖だった。首が縮こまるというか、肩が上がってしまうのだった。いつも自分の居場所がここじゃないと感じているので、このような癖がついてしまったのかもしれない。

「おーい、首、出てこい」彼女は言った。

亀岡は肩を下げ、首を伸ばし、顔もニョローっと伸ばした。その姿を見て、また彼女が笑った。

「あの、本当に淋しくなったら、また来ちゃいますよ、オムツ穿いて」

「トイレも惜しんでですか」

「おれ車は持ってないから、オートバイで来ますよ」

「オートバイ寒いでしょ」

「オムツしてますから」

「オムツって暖かいのかな？」

「暖かいでしょ、分厚いから」

それからも二人で話をしていたのだが、亀岡は今朝の撮影が早かったのと、酔いがまわってきたので、眠くなってきた。

しかし彼女と話していたかったので、眠ってはならないと、おしぼりで顔を拭いたり、便所に行って顔を洗ったりして、眠気を取り払おうと試みていた。

だが結局、カウンターに突っ伏して眠ってしまった。

眠りから覚め、顔を上げると、カウンターの中の安曇が亀岡を覗き込んだ。

「あっ、すいません」

「いえ、よく寝てましたよ」

「どのくらい寝てました？」

「十五分くらいですよ」

一時間くらい眠っていた気がした。

亀岡は便所に行った。小便は酒臭く、放尿は長かった。ズボンのチャックを上げると、残尿が少し出て、パンツを濡らした。

手を洗い、顔を洗った。

「おれ、そろそろ帰ります。すいません眠っちゃって」

「いえいえ、いいんですよ」

「また、飲みに来ますから、オムツ穿いて」

「本当ですか？」

「はい。絶対来ますんで」

安曇はカウンターの中で微笑んでいた。亀岡は、その微笑みを自分に好意がある証しなのだと、あえて勘違いすることにした。

独り身の寂しさには、勘違いでも、潤いが必要だった。

外の空気は冷たかった。国道を走るトラックの風にあおられながら、ホテルまで歩いた。

ホテルに戻ると、現場が終わった撮影隊が戻ってきているところで、フロントで預けた鍵を受け取ると、肩を叩かれ、振り返ると山之上敦監督だった。

「おつかれさまです」

山之上監督はまだ若いが、これからの日本映画界を担っていくといわれている人物で、これまで撮ってきた映画も、海外の映画祭で何度も賞をもらっている。

監督は一ヶ月以上このホテルに滞在し撮影している。髭は伸び放題だし、風呂も洗濯もままならず、頬もこけ、今回の現場がハードだということが窺えた。

山之上監督は亀岡の出演している映画をほとんど観ており、亀岡の大ファンで、今回の起用に至った。

「亀岡さん飲んで来たんですか？」

「はあ、すんません。みんな働いているのに、酒なんて」

「いや、こちらこそ少しの撮影なのに、こんなところまで来てもらって」

「いやいや」

「それにしても、亀岡さん今日の演技、素晴らしかったですよ。灰皿で殴られて倒れるところ、さっき映像見返したんですけど、目玉が飛び出そうな顔で映ってまして、あれわざとですか？」

「いや、わざとじゃないです。普通にやっただけなんですけど」

「いやあ、神がかってましたもん」

「そんな。すんません」

「三年くらい前、亀岡さんが、猫に取り憑かれちゃう映画ありましたよね、『猫ゾンビ・パニック』でしたっけ？」

「はい。あれも観てくれてたんですか」

「おれ、あれ大好きなんですよ。亀岡さんが猫に取り憑かれて、イチョウの木に登って、ギャーって叫びながら飛び降りるところ、あそこ最高ですよねぇ」

「ありがとうございます」

映画「猫ゾンビ・パニック」は、狂った科学者が変な薬を飲んで猫と性交をし、その猫から猫人間お嬢が産まれ、彼女に嚙みつかれるとみんな猫ゾンビになってしまうという内容の映画だった。そして東京が猫ゾンビだらけになると、政府がマタタビ爆弾を投下し、猫ゾンビは東京湾に身投げしにいくといった切ないながらも、荒唐無稽な話だった。しかし客がまったく入らず、すぐに公開が打ち切りになってしまった。

「監督は、明日はなんの撮影ですか？」

「明日は安曇野の方に行って朝焼けの撮影です」

「安曇野ですか」

「知ってます？」

「名前だけですけど」

「平野になっていて、高台にのぼると、朝焼けが綺麗に見えるんですよ」

「そうなんですか」

亀岡はゲップをした。酒臭い息があたりにひろがる。

「あーすんません」

「どこで飲んで来たんですか？」

「駅の近くの酒場です。駅の手前にある路地にあるんですけど」

「良い感じのところでした？」

「はい、良かったです。寒天とかありますし」

「明日は夕方に撮影終わることになっているから、行ってみようかな」

「ムロタって店です。カタカナでムロタ、看板にもムロタってありますよ」

「ムロタですね」

スタッフの一人が打ち合わせをしたいらしく、監督の後ろに立っていた。

「じゃあ、おつかれさまです。おやすみなさい」

亀岡はエレベーターに乗って部屋に戻った。ベッドの上に撮影終わりに渡された弁当が転がっている。腹はあまり減っていなかったが、食べずに捨ててしまうのは気が引けるので、ベッドにあぐらをかいて弁当を食べ始めた。


次の日の朝、亀岡は七時に起きて朝ご飯を食べに食堂へ行った。大きなガラス窓から見える駐車場に撮影隊の車はもう見えない。ホテルを八時三十分に出て、駅まで歩いた。荷物はボストンバッグひとつで、どんな現場にいくときも、大概荷物はこれだけだった。

昨日の酒場があった路地を覗いてみたが人気はなかった。駅に着いて缶コーヒーを買い、九時の電車に乗り込んだ。

電車の揺れに眠気を誘われ、気づくと新宿駅だった。

今日は夕方から都内でドラマの撮影がある。一旦家に戻ろうかと思ったが、面倒なので歌舞伎町にあるサウナに行くことにした。

亀岡は、役者を抱える小さな事務所に入っている。一応、マネージャーもいるのだが、いちいち一緒に行動されるのは嫌なので、基本は一人で行動をしていた。

サウナに入って、風呂に浸かり、渡されたペラペラのガウンを着て仮眠室で眠っていると、二つ隣で寝ている男のイビキが激しくなり、起こされてしまった。イビキの男はトドみたいに太っていて、着ているものが完全にはだけて素っ裸になっていた。

随分けったいなものを見てしまったと思いながら、亀岡はまた風呂場へ向かった。サウナの中には、肩から腕にかけて和彫りの入れ墨がある恰幅のいい男と、痩せぎすの男が入っていた。

「三本は飲んだかな、ボトル」和彫りが言う。

「そうっすね」

「で、お前、どうなんだ、あの女?」

「いやあ、ちょっと、駄目ですね」

「なんだよ。胸揉みまくってたじゃねえかよ」

「そうなんですけど、胸はいいんですけど、出っ歯、なんですよね。歯があと一センチ引っ込んでたらいいんですけど」

「じゃあ、マスクさせときゃいいじゃねえか」

「マスクっすか?」

「マスクだよ」

「始終マスクっすか？」

「いいじゃねえかよ、始終花粉症ってことにしてさ、花粉ばら撒けよ」

「おれが始終花粉ばら撒けってことですか？　おれも花粉症ですもん」

「なら、二人マスクで好都合じゃねえかよ」

彼等の会話を聞きながら、亀岡は安曇のことを思い出していた。

今日からしばらく仕事が続き、明後日は岡山で時代劇映画の撮影があり、向こうに五日間滞在する。岡山から帰ってくれば、二日間の休みになる。

Ｔシャツに短パン姿の若い従業員がサウナの中に入ってきて、あたりをぐるりと見渡し、何事もなかったように出て行った。

和彫りの男が少し身構えた。このような世界の人達は、いざというときの警戒が必要なのだろう、ましてサウナなんて丸腰のわけだから、大変なのだと亀岡は思った。

すると、また他の従業員がやって来た。今度は年配の男で、和彫りの男を見て、

「あのう、お客さん、すみませんが……」と言った。

和彫りの男は、

「ああ、駄目なの？」と従業員を見据えていた。

「はい」

少しビビった様子の従業員は、サウナの暑さからなのか額に大量の汗をかいていた。

「じゃあさ、あと五分だけ入らせてよ。そしたら店も出るから」

「はい」

「大丈夫だよ、ちゃんと出るよ。そのかわり水風呂とシャワーも浴びさせてよ」

「はい」

従業員は出て行った。

「なんだよお前、ここ大丈夫だって言ったじゃねえか」と和彫りの男が言った。

「前に来たとき大丈夫だったんですけどね」

最近のサウナは入れ墨の者には厳しくて、亀岡は、知り合いの俳優がヤクザの役で撮影が終わり、背中の絵を落とすためサウナに行ったら、追い出されそうになったと話していたのを思い出した。

「五分って言いましたけど、五時間入るからって言ったら、五時間でも大丈夫だったんですかね」痩せぎすが言った。

「お前殺す気かよ、ミイラになっちまうよ」

亀岡は思わずクスリと笑ってしまった。

「なあ、死んじゃうよな、五時間なんて」

和彫りは亀岡に言った。

「はい死んじゃいますね」

「じゃあ、ミイラになる前に、出るか」

和彫りは立ち上がった。痩せぎすも一緒に立ち上がろうとすると、

「オメエは五時間入ってろ」

と言って和彫りは痩せぎすのスネを蹴った。痩せぎすはヘラヘラ笑いながら和彫りの後に続いて、「どうもお騒がせしました」と亀岡に言って出て行った。

亀岡は階下にある食堂で親子丼を食べながら、スポーツ新聞を読んだ。新聞には、昨年、亀岡がタクシー運転手の役で出た映画「満月与太郎」が新聞社の主催する映画賞にノミネートされたことが出ていた。

亀岡は主人公の男をタクシーに乗せるだけの役であったが、そんな小さな役でも、自分が出演した映画が評価されているのは嬉しかった。「小さな役があるのではない、小さな役者がいるだけだ」という誰かの言葉を思い出した。

サウナを出て、現場に入る前に書店に寄った。今晩は、待ち時間がだいぶ長い撮影になるだろうから、なにか本を買っておこうと思った。

本棚をぶらぶら巡っていると、旅行ガイドのコーナーにやって来た。そして昨日観たテレビのことを思い出し、スペインのガイドブックを手にした。

現場には夕方に入ったが、待たされて、撮影が始まったのは夜中の二時だった。「花水木刑事の事件簿」というテレビの二時間ドラマで、浮浪者役の亀岡がゴミを漁っていたら、人間の腕を見つけるというシーンの撮影だった。

待ち時間にガイドブックを眺めていると、若い女優が覗き込んできて、「亀岡さんスペイン行くんですか？」と話しかけてきた。

「いや、別に行くわけじゃなくて、行きたいと思っているだけなんですけどね」

「私、去年、行きましたよ」

「スペインのどこに行ったんですか？」

「バルセロナです」

「そうですか。ポルト・ド・サンって知ってます？」

「え？」

「ガリシア地方ってところにあるらしいんですけど」

「ガリシア?」

「はい」

「知らないです。私はバルセロナだけでしたから」

「そうですか」

ガイドブックを読んでポルト・ド・サンについてわかったことは、「Porto do Son」という綴りと、ガリシア地方というところにあって、このガリシア地方には巡礼の終着地点として有名なサンティアゴ・デ・コンポステーラという大聖堂があるということだ。それにしても立派な大聖堂の写真を眺めていたら、そこは自分には似付かわしくないような気がしてきた。やはり自分には、寒天が名産の、木枯しの吹くような街がお似合いなのだ。


その日は朝から空が曇っていて、寒く、雪も降りそうであった。

やっと休みができた亀岡は、この前撮影で行った街の、安曇のいる、あの飲み屋に行くことにした。

昼過ぎにバイクのエンジンをかけて、走り出した。

亀岡の乗っているバイクはKawasakiのGPZ900Rという逆輸入車の中古を数年

前に購入したものだった。

昔はバイクにテントを積んでツーリングに行っていたが、今はテントで眠るには歳をとりすぎてしまい、街の旅館やビジネスホテルに泊まるようになった。

途中、約束したオムツを穿いて行かなくてはならないと思い、薬局に寄って大人用オムツを買ったのだが、穿くタイミングを失って、後部座席に買い物袋をくくりつけ高速に乗った。

バイクのスピードを上げると、とんでもなく寒くなってきた。防寒ジャンパーを着ていたが、骨まで冷たくなってきた。オムツの入ったビニール袋は風にあおられ、バサバサと音を立てていた。

そして、途中で雪が降り出してきた。

高速を降りるとさらに雪は激しくなってきた。慎重に運転しながら、撮影のときに泊まった国道沿いのビジネスホテルにチェックインをした。フロントの男は亀岡を覚えていて、

「あれ？　また撮影ですか？」と言った。

「いや今日は違うんです」

雪で濡れた亀岡は震えながら部屋に入り、すぐに熱いシャワーを浴びたのだが、

身体が冷たくなりすぎていて、お湯が痛かった。

風呂から出ると浴衣に着替え、廊下で缶ビールを買い、一息ついて買い物袋の中から大人用オムツを取り出した。

オムツを手に取って眺めていると、穿くことがためらわれてきたが、もしかしたら安曇に見せる機会があるかもしれない。それはどんな状況なのか、考えてみると、興奮もしてきた。

しかし、こんなものを現実に、それも女性との約束のためだけに穿こうとしている自分はいったいなんなのか、ちょっとおかしいのではないかと思えてもくる。役者の仕事であればいつでも素っ裸になってきたし、オムツを穿くくらいなんてことないのだが……。

ぐだぐだ考えていた亀岡であったが、とにかく浴衣を脱ぎ、パンツを脱いで、素っ裸になって、オムツに穿き替え、扉の脇にある鏡で自分の姿を映してみた。

今までいろんな役をやってきたが、オムツを穿く役はやったことがなかった。しかし思っていたより、しっくりと似合っている。もしかしたらこのような役がいずれあるかもしれないと、色々なポーズをとってみた。

お店が始まるまでにはまだ時間が早かったので、オムツを穿いたまま、部屋にあった浴衣を着て、ベッドに入り少し眠った。

目を覚ますと八時になっていて、窓の外を見ると雪がさっきよりも激しく降っていた。着替えようとして浴衣を脱いだ亀岡は、自分がオムツ姿だということを忘れていて、一瞬、股のごわつきに驚いたが、オムツの上からズボンを穿いた。

ホテルを出ると雪は積もっていた。オムツで下半身が妙に膨らみ、歩きにくかったが、股間まわりは暖かかった。

国道を向こう側へ渡るには三〇〇メートルくらい先にある歩道橋まで行かなくてはならない。面倒なので亀岡は国道を走って渡ることにした。

途中、何回か雪で滑りそうになりながら、渡り切ったところで、縁石につまずいて転び、アスファルトに右手をついたとき「グリッ」と鈍い音がした。

立ち上がると、右手首に激痛が走る。動かすと痛い。

手首を押さえながら雪の路地を歩いていくと、酒場のムロタの赤ちょうちんが見えた。

暖簾をくぐり扉を開けると、暖かい空気が流れてきた。店の中は暖房の暖かさに混じって食べ物の匂いが漂っている。亀岡はカウンター席に座った。

安曇の姿はどこにも見当たらない。カウンターの中では、おやじが魚を焼いていた。

「ビールお願いします」

「ビールね」

このおやじが、安曇の父親なのだろう。

「あと、タコと寒天をください」

「はいよ」

テレビの音が響いている。

ビールをコップに注ごうとしたが、瓶を持った右手首が痛く、左手で注いだ。

安曇はこの前も遅い時間にやって来ていたので、まだ来てないのだろうか。

亀岡は酒を飲みながらゆっくり待つことにした。ズボンの下でオムツはゴワゴワしている。

カウンターに置かれたお通しの、ワカメの酢漬けを箸でつまもうとしたが、やはり右手首が痛くて箸が思うように使えない。左手で箸を使ってみたが上手くいかず、指でつまんで食べることにした。

ビールを二本飲んで、熱燗を頼んだ。

テレビを眺めながら酒を飲んでいると、酔いがまわってきて痛みは和らいできたが、手首はさらに膨れてきた。

　この前の赤い毛糸の帽子の爺さんが入ってきて、入り口脇の席に座った。

　カウンターの中のおやじと目が合ったので、亀岡は話しかけてみた。

「今日は、寒いですね」

「そうだね。今日の雪は凄いよ」

「こっち雪降るの珍しいんですか？」

「そんなことねえよ、寒けりゃ降るよ。まあ今日は特に大降りだけど」

　そこで扉が開いて、安曇が入って来た。

「やっと眠ってくれたよ。熱もだいぶ下がった」

　彼女はカウンターの中のおやじに言った。

「もう今日はいいぞ」

「いいよ、明日の仕込み、やっちゃうから」

　安曇はカウンターの亀岡を見て、

「あっ。えっと亀岡さん！」と言った。

　するとおやじが、

「え？　知り合いだった？」と訊いた。

「お父さんも、この人知ってるはずだよ」

「え？」

「テレビとか映画、出てる人なんだから」

「あんた俳優さんなの？」

「え？　まあ、そんな感じなんですけど」

亀岡は意表を突かれた。安曇は自分が俳優だということをどうして知っているのだろうか？　この前はボーリングの球を売っていると伝えたはずだった。

おやじは亀岡のことをジーっと見て、

「あーあー。なんか見たことある気がするよ」

「でしょ」

「あんた、あの、なんだっけ、なんとかっていうテレビの時代劇出てたでしょ、ほらなんだっけ？　わかんねえけど」

「はい出てるかもしれません」

「桜井さん、ほらほら、この人、俳優さんだって」

すると赤い毛糸の帽子の爺さんは、

「おれ知ってるよ。役者さんだろ、この前も一人で来てたもんな、映画の撮影近くでやってたときにさ」とさらりと言う。

安曇に話を聞くと、亀岡が店に来た次の日に監督達がこの店に来たらしく、亀岡に訊いてこの店に来たのだと話したらしい。

「そうだ、サインだよ、サイン、サインしてくださいよ」

おやじは白いコピー用紙とマジックペンを渡した。

亀岡はサインはあまりしたことはないのだが、渡されてしまったものは仕方ないので、サインを書こうとすると、右手が膨れすぎていて思うように書けなかった。

それを見た安曇が驚いた顔をした。

「あれ！　手すごい腫れてますけど」

「はあ、まあ、そうなんですけど」

「どうしたんですか？」

「いや、あの、さっき転んじゃいまして、でも大丈夫です」

と言ったものの、やはり右手では書けそうにもなかった。

「あの、左手で書いてもいいですか？」

「ああ、なんでもいいけどさ。安曇、薬箱にシップ入っていただろ。あれ出してきてあげなよ」

おやじは言った。

亀岡は左手で、子供のいたずら書きのようなサインを書いた。

それを受け取ると、おやじは、

「飾っておかないといけないな」

と言って、カウンターの棚のメニューの紙が並んでいる横に画鋲で貼り付けた。

安曇が薬箱を持ってきてくれて、亀岡の手にシップを貼って包帯を巻いてくれた。

「おれ達、スナックに行くから、もし、なんだったら、あんたも後から来いよ。役者さんなんて来たらママ喜ぶからさ」とおやじが言った。

「はあ、もし、行けましたら」

「駅前にあるケメって店だから」

おやじは赤い帽子の爺さんと店を出て行った。

カウンターの中で彼女はひじきを煮たり、明日の仕込みをしながら、亀岡と話していた。

「でも亀岡さん、なんであんな嘘ついたんですか？　次の日監督さんとか来て話してたら、亀岡さんに訊いて来たって言うから、ボーリングの球を売っている人ですか、って言ったら、へ？って顔されちゃって。あの人俳優さんだよって。恥かいちゃいましたよ」

「すんません、嘘ついちゃって」

「わたし、そう言われてみれば、ああそうだって、テレビで見たことあるって、思い出しましたよ」

「ほら、でもその程度なんですよ」

亀岡は左手で熱燗をお猪口に注いだ。右手は動かさなければ痛みはあまりなかったが、あいかわらず飲めば飲むほど手首は腫れていく。

「今日も撮影だったんですか？」

「違いますよ、今日は安曇さんに会いに来たんです」

「またまた、調子いいんだから、役者さんは嘘つくのが仕事みたいだから」

「いや本当に、今日は仕事じゃないです」

と言いつつも、「実は、撮影もあったんです」と嘘をついてしまった。

「ほら、そうなんじゃないですか」

「そうなんです。お子さん、風邪ですか？」

「うん。でも寝てくれたし、住んでるのもこの上だから、なんかあっても大丈夫」

「安曇さんも飲みますか？」

「いや、今日は、子供がいつ泣き出すかわからないので」

「おいくつですか？」

「三歳です」

「オムツはとれました？」

「ええ、一月前に。でもね、まだおねしょはしちゃいますよ」

「そうですか」

亀岡は一人納得したように頷いた。自分の手首が化け物みたいに腫れてきているのが目に入った。

「亀岡さん、今日はもうお酒飲むのやめた方がいいんじゃないですか。手、それお酒良くないですよ」

安曇は子供が心配なのだろうか、早く店を閉めたい感じでもあった。それに客はもう亀岡一人しかいない。亀岡は残りの酒をお猪口に注いで飲み干した。

「じゃあ、お会計お願いします」

会計を済まして椅子から立ち上がると、カウンターに手が当たって手首に痛みが走った。

安曇は店の外まで見送りにきてくれた。

「また来てくださいね。ごめんなさいね、今度はゆっくりお酒つきあいますから」

亀岡は一人、ホテルに戻る道を歩いていた。雪は激しくなっていくばかりで、空は見えない。

明日はバイクで帰れるのだろうか？

亀岡は小便をしたくなった。オムツを穿いているので、このましても問題ない。少し迷って、歩きながら、ちょろ、ちょろ、と小便を出し、もう構わねえやと一気に出し始めると、股間が温かくなってきて、身体から力が抜けていった。

名優・鎌田登

和歌山

夏が終わり、秋の気配を感じさせる和歌山県で、今回の映画は撮影される。一ヶ月近くの長期ロケで、新宮にある一軒家が撮影現場の拠点となり、まわりは海や山に囲まれているので、自然の中での撮影も多い。

今回は「熊次郎物語」という映画で、熊次郎という男の子が、家族や友達、近所のおっさんや婆さんなどと交流をして成長をしていく物語だった。

亀岡の役どころは、熊次郎の家の隣に住んでいるおっさん、三太の役で、彼は熊次郎の祖父、芳蔵の舎弟のような存在である。

監督の古藤金次さんは八十四歳であるが、現役で映画を作り続けている。寡作で、派手ではないが骨太の名作を作り続けてきた人で、彼は亀岡の役者としての素質を見抜き、今回の抜擢に至った。

滞在は新宮のビジネスホテルで、ここから毎日現場に向かう。

亀岡にとって、古藤監督も尊敬する人ではあったが、熊次郎の祖父役を演じる鎌田登という七十二歳の役者さんは、憧れの人だった。彼は日本国民の代表といってもいい役者なのである。

だから亀岡は毎日緊張しながらも彼と同じ現場にいられることが嬉しくて仕方がなかった。

鎌田さんはスタッフや役者に対してほとんど敬語で喋る。寡黙で、酒も飲まないし、煙草も吸わない。鎌田さんを見ていると、亀岡の生活は煩悩まみれで、まったく違う種類の人間なのだと、実感せざるを得なかった。

撮影は一週間を過ぎていたが、亀岡は鎌田さんといまだまともに話をすることはできずにいた。


その日は海で熊次郎役の子供と祖父役の鎌田さんと亀岡が小舟に乗り、昆布を取りに行くシーンの撮影があり、午前中に砂浜に集合し準備が始まった。

鎌田さんは、みんなと同じホテルではなく、海の近くにあるリゾートホテルに泊まっているので、いつも現場には付き人の運転する車で現われる。別に安っぽいホテルは嫌とかいうワガママからではなく、スタッフと一緒にいて、彼等を緊張させてしまうのが申し訳ないという鎌田さんの気遣いからだった。

「熊次郎物語」　シーン18

海に小舟を浮かべようとしている芳蔵（鎌田さん）と三太（亀岡）。
三太は目を細め、海の向こうの方を眺めている。

三　太「今日も天気がいいやな」
芳　蔵「ああ」
三　太「もうずっと雨が降ってねえ気がする」
芳　蔵「そうだな」
三　太「かれこれ、三週間くらい降ってねえんじゃねえかな」
芳　蔵「おい、おまえ、ロープをしっかり握ってろよ」
三　太「いけねえ」

そこに熊次郎が走ってくる。
熊次郎「なあ、爺ちゃん、今日はおれも海に連れて行ってくれよ」
芳　蔵「オメエ学校はどうした？」
熊次郎「今日は休みだ。開校記念日だ」
芳　蔵「そうかい。じゃあ、乗せてやろうかい」

「熊次郎物語」　シーン19

海に浮かべた舟は波間を漂っている。

芳蔵は、洗濯竿の先にカマがついたものを持って水中眼鏡をかけて海に顔を突っ込み、水中の昆布を切っている。網を持った三太が、その昆布をすくい上げる。

熊次郎は舵を握っている。

鎌田さんは身を乗り出しすぎて、舟のヘリから身体がズリズリ滑っていた。しかし昆布採りに熱中しているので、自分ではそのことには気づいていない様子だ。亀岡は少し心配であった。舟はどんどん傾いていき、とうとう鎌田さんは海に落ちてしまった。

スタッフは焦った。亀岡も焦ったが、鎌田さんは今でも筋肉トレーニングを欠かさず、七十二歳にしては驚異的に運動神経もよくて、腕も太く足腰も強いので、みんなは、なんとかなるだろうといった安心感もあった。

しかし、鎌田さんは泳げなかった。

鎌田さんは水面に顔をあっぷあっぷさせて、手をバタバタやっている。

これは事だと思った亀岡は、海に飛び込み、鎌田さんの腰を抱え、スタッフの舟まで泳いだ。ヘリを摑んで鎌田さんを押し上げ、スタッフが引っぱり上げた。

舟はいったん砂浜に戻った。鎌田さんは珍しく怯えた表情をして、亀岡に、「ありがとうございます。ありがとうございます」としきりに言っていた。

その日の撮影は中止にしようとプロデューサーが言い出したので、監督は困っていた。

鎌田さんが、再び海に落ちたら大変なことになるので、舟には乗らないように、脚本を書き変えた方がいいともプロデューサーが言い始めた。

しかしそのことを聞いて激怒したのは、監督ではなく、鎌田さんだった。

鎌田さんは、いつもの敬語でもなく、低くドスの効いた声で、プロデューサーに言った。

「おい、なに考えてんだい？　監督さんが、これと決めて通した脚本を変えちゃいけねえだろ。あのな、それを読んで、おれは出るって決めたんだ。おれは現場で死んでもいいって覚悟でここに来てんだよ。ほらほら、とっとと撮影を続けようぜ」

鎌田さんは背が高い。一八〇センチ以上ある。そこから見下ろされるように言われたプロデューサーは、「すみません」と謝るしかなかった。

古藤監督も、鎌田さんのその心意気に満足そうな顔をして、

「じゃあ、よろしく、お願いしますよ。鎌田さん」と言った。

「はい。次は海になんて落ちやしませんから、よろしくおねがいします」と深々とお辞儀をした。

鎌田さんは熊次郎役の子役のところにやってきて、

「ごめんね、失敗しちゃって、おれ泳げないんだよね。おかしいだろ。お前さんは、泳げるかい？」と優しい声で話しかけた。

「うん。泳げるよ」

「じゃあ、こんど先生になって泳ぎを教えてくれないかね」

「いいよ」

「頼んだよ先生」

　このようなチャーミングさも兼ね備えている鎌田さんに、亀岡はさらに惚れた。

それから鎌田さんは、亀岡のところにやってきて、

「亀岡さん。ほんとうに、すまなかったね」と言った。

「いえいえ。それよりも本当に大丈夫ですか？」

「はい。お気遣いありがとうございます。それよりも亀岡さんには、命の恩人として、一生頭が上がりませんや」

「いやあ、そんなこと言われても」

「是非ともなにかお礼をさせていただきますから」

　亀岡は鎌田さんに頭が上がらないなんて言わせてしまったのは罪のように感じた。

なんせ鎌田さんは極道映画で一世を風靡した男である。あの「辰巳横町花吹雪」シ

リーズの逝次《いくじ》なのである。

「辰巳横町花吹雪、河原崎逝次の仁義」

あっし、生まれは吾妻橋のたもと、本所の生まれでございます。
姓は河原崎、名は逝次と申します。
いくじの、いくは、捨て身の証、
いつ逝っちまってもかまわねえってことでごぜえます。
いくじの、じは、次はおれだという覚悟ができております。
どうせ、血のつながる者のいない身でごぜえます。
生まれて、目を見開いたときから親の顔は知らず。
なんの因果か、うなぎ屋に拾われて、
うなぎのザルのなかで、うなぎのぬめりとともに育ちました。
おかげで、コレと決めたことは、
最後まで、粘っこく、

さばくことがあったら、キレイさっぱり、
さばかせていただきます。

亀岡ももちろんこの、「辰巳横町花吹雪」シリーズにしびれた一人である。いや日本全国がこの逝次にしびれた。国民的英雄でもある。

逝次はいつも懐に柳包丁を忍ばせている。そして冷徹に人を殺す。しかし、どんな敵であっても、殺したあとは必ず供養をすることを忘れない。

そんな逝次さんに、命の恩人だなんて言われてしまうのは、日本国民を敵にまわすようなものである。

スタッフ達は、急いでシーン19の撮影再開の準備をしていた。

だが次も鎌田さんが溺れたら大変だと、助監督がライフジャケットを用意したが、これを着てくださいと言えずに困っていた。当り前である。さっきあれほど怒られたスタッフを見ていたので、自分も怒られてしまうかもしれないといった恐怖があった。

それを察した亀岡は、「おれが言ってあげるよ」と、ライフジャケットを手にして、鎌田さんのところに行った。

「あのう。鎌田さん、これ着てみません?」

「なんですか、それは?」

「ライフジャケットです。これ着ていれば水に浮きますから」

「こんなもんを着てしまって、芝居の邪魔にならねえですかね?」

「いや、大丈夫だと思いますよ」

「そうですかね。脚本上も問題ないかが心配です」

「それは大丈夫です。つまり、芳蔵は何度も海に落ちたことがあって、また落ちると面倒なのでこれをいつも着用しているって設定にすれば」

鎌田さんは、亀岡のことは、命の恩人と認識しているので、素直に言うことを聞いてくれた。

ワガママな大物俳優などは、溺れる前にライフジャケットを用意しろだとか、こんな撮影はもうしないぞと文句を言うかもしれないが、鎌田さんの場合はすべてが逆だった。

余計な気を遣われると怒り出すので、スタッフは特別扱いをしないようにと逆に緊張していた。

シーン19は、鎌田さんが海に落ちることもなく、無事に撮影することができた。

その日の夜、亀岡がホテルの食堂で出演者やスタッフと夕飯を食べながら缶ビールを飲んでいると、鎌田さんがやって来た。

鎌田さんは海沿いのリゾートホテルに宿泊している。もちろん自腹であった。だから出演者やスタッフの泊っているビジネスホテルにやって来たことに一同驚いた。

鎌田さんは驚くスタッフや他の出演者に、「すんません。すんません」と謝りながら、亀岡のところまでやって来た。

「亀岡さん。あのですね。今日のお礼をしたいのですがね、いかがでしょう?」

「え? なんですか、お礼って?」

「いや、とにかく、一緒に来ていただけませんかね。大丈夫ですかね今晩?」

「まあ、ビール飲んで寝るくらいですけど」

「そうですか、では行きましょう」

「でもお礼してもらうなんて、おれたいしたことはしてないですよ」

「とにかく行きましょう」

鎌田さんは亀岡の二の腕を摑んだ。それは恐ろしいくらいの握力だった。

ホテルの外に出ると黒塗りの車が止まっていた。先ほど風呂に入ったばかりの亀岡の格好はスウェットにTシャツにサンダルなのだが、こんな格好でいいのだろうかと思った。

鎌田さんは品のいいポロシャツにズボンを穿いている。二人は後部座席に乗り込んだ。

「亀岡さんは、もちろんお酒なんでも大丈夫ですよね？」

「はい」

「では、ちょっといいところに行きましょう」

黒塗りの車は新宮の街を抜け、川沿いの道を登っていった。あたりは真っ暗で、畑と民家がときおり見えるくらいである。

しばらくするとさらに細い山道に入って行った。そして向こうの方に突然、浮かび上がるように提灯が並んだ明るい光が見えた。

「え？　なんですか、あそこ？」

亀岡は、少しわけがわからなくなっていた。

「まあ、楽しいところなので」

黒塗りの車は黒塀の前で止まった。夜空に赤い提灯がなまめかしく見える。

二人は車を降りて門を抜けて石畳を歩いて行く。亀岡はキツネにつままれたような気分でいた。

大きな玄関の先は、長い廊下で真っ赤な絨毯が敷いてある。

二人は番頭のような男に連れられて奥の広間に通された。

襖をあけると十人くらいの芸者さんが並んで座っていた。

鎌田さんは、

「どうぞ、どうぞ」

と言って用意された座布団に亀岡を座らせた。前にはお膳が置いてある。

二人は部屋の奥に並んで座った。前方には着物の芸者さん達が控えている。みんな若くて美人だ。こんな山奥に、どうしているのかが不思議だった。

亀岡が正座していると、

「さあ、足を崩してくださいよ」

と鎌田さんに言われた。しかし亀岡はスウェットパンツなので、もじもじしながら、

「いやあ、こんな格好なんで、ちょっとなんなんですけど」と答えた。

「なに言ってるんですか、後々、裸になったらみんな同じですよ」

「しかし、ここは、どういうところなんですか？」

「いいじゃないですか。もう野暮なことは訊かないでくださいな」

「はい」

芸者の人達がニコニコしてこちらを見ている。亀岡もぎこちない笑顔で微笑み返す。

芸者さんが亀岡のコップにビールを注いでくれた。鎌田さんのコップにもビールが注がれる。

「あれ、鎌田さん、お酒大丈夫なんですか？」と亀岡は訊いた。

「はい。時と場合によりますよ。それに今日は、亀岡さんと兄弟の契りを交わさなくちゃならないですからね」

鎌田さんはさすがに昔からの映画人である。セリフのような言葉でも重みがあるし、実際にもその筋の方々と交流があるのは確かだろう。そんな鎌田さんに「兄弟の契り」なんて言われるのは、嬉しい一方で、縮み上がる気持ちでもあった。

亀岡には、鎌田さんが河原崎逝次にしか見えなくなってきた。

芸者さん達は踊りを見せてくれたり、三味線、小唄など、いろいろな芸を披露してくれているのだが、河原崎逝次の隣に座っている緊張感で、亀岡は酔うことも芸者さんを眺めることも、ままならないでいた。

一方で鎌田さんは気を遣ってくれ、亀岡にいろいろ話しかけてきてくれる。どのような映画に出ているのか？　好きな女性のタイプは？　男は好きか？　嫌いな食べ物は？　車の運転は好きか？　箱根に別荘があるので今度行きませんか？　そして「好きな日本映画は？」と訊かれたとき、亀岡は、「もちろん『辰巳横町花吹雪』です」と答えた。

「お世辞はいらないです」

「いえいえ、お世辞なんかじゃないですよ。だってほら、あっし、生まれは吾妻橋のたもと、本所の生まれでございます……」

と亀岡は逝次の仁義をやってみせた。

すると鎌田さんは、「まいったな」と恥ずかしそうな顔をしたが、

「しかしですな、亀岡さんのは、ちょっと声が上擦っちゃってますな。もう少し腹の底から出さなくちゃ駄目ですな。啖呵ってやつは、腹の底で、ジーと蠢いている、わけのわからねえ念みたいなものを出すつもりでやらねえと」

と言って、鎌田さんは立ち上がり、腰を落とし、右手を差し出して、

「あっし、生まれは吾妻橋のたもと、本所の生まれでございます。姓は河原崎、名

は逝次と申します。いくじの、いくは、捨て身の証、いつ逝っちまってもかまわねえってことでごぜえます……」

と仁義を切り始めたので、亀岡は卒倒しそうになった。

その迫力に、小便をチビリそうにもなっていた。

鎌田さんは仁義を終えると、急に恥ずかしそうな顔をして、

「えっへっへ、こんなもんでどうでしょうか」と言った。

亀岡は拍手をした。そして涙を流した。鎌田さんに抱きつきたかった。鎌田さんにだったら、なにをされてもいいといった気分だった。

その夜は、表で待っていた黒塗りの車に乗り、ホテルに戻った。ベッドに入ったものの亀岡は興奮して眠れなかった。

男が男に恋するというのは、こういうことなのかも知れない。早く朝になって、現場で、鎌田さんに会いたくて仕方がなかった。

次の日も、鎌田さんは黒塗りの車で現場にやって来た。

亀岡は嬉しくて車の方へ駆け寄って行った。

「昨日はどうも」

と言うと、鎌田さんは、人指し指を口に持っていき、

「おいおい。おれ酒飲めないことになっているんだから、昨晩のことは内緒だよ」

と言った。

鎌田さんは絶対的なカリスマ性があるのに、そんなもんはどこかにうっちゃって、まったく気取らない。そこが逆にみんなから惚れられるところであった。

今日の撮影は、芳蔵が岩場のアワビを密漁しにきたチンピラに啖呵を切って、追っ払うシーンだった。

鎌田さんは波の打ち寄せる岩場に立った。その横に亀岡が立つ。

「鎌田さん、今日は海に落ちないでくださいよ」

「へっ。大丈夫だよ、亀岡の兄弟がいてくれるんだから。また落ちたら、よろしく頼みます」

「いや。そんな」

亀岡は鎌田さんに兄弟なんて言われたのでしびれてしまった。

――「熊次郎物語」シーン23　岩場

向こうの岩場でチンピラが三人、アワビを密漁している。それを発見した芳蔵と三太。

三太「ほら、やっとりますよ。あいつ等ですわ」

芳蔵「こまった奴等だな」

三太「どうします？　随分、柄の悪そうな奴等ですけど」

芳蔵はつかつかと岩場を歩いて行く。

そのとき鎌田さんが足を滑らせてつんのめりそうになる。そこをすかさず亀岡が腕を摑んで助ける。

芳蔵「おっと、すまねえな」

三太「気をつけてくださいよ。芳蔵さん、自分が思ってるより若くないんですからね」

芳蔵「あんだテッメエ、今だってオメエの鼻なんて指一本で簡単にへし折れるぞ」
三太「すんません」
芳蔵「冗談だよ」

ここは完全なアドリブだった。カットの声がかからないので、二人は演技を続ける。

芳　蔵「おい、そこの野郎共」

チンピラ達が振り返る。手にした網にはアワビがいっぱい入っている。

芳　蔵「テメエ等が今やっていることは、それ密漁ってんだからな。そのアワビ全部海に戻せや」
チンピラ1「は？　なに言ってんだ？　ここはオメエの海か、おい」
芳　蔵「あたりめえじゃねえか。ここは、おれの海だ、オメエらの海じやねえ」
チンピラ2「海はよ、みんなの海だろうがよ、このじじいが」
芳　蔵「そうだ。でもな確実にオメエらの海じゃねえ」
チンピラ3「なに抜かしてんだこのじじい」
芳　蔵「早くアワビを戻せ」
チンピラ1「嫌だね」
芳　蔵「戻せ、こら！」
チンピラ2「知らねえよ」
芳蔵は岩場の小石を手に取って、チンピラに投げる。
石はチンピラ1の額に当たって、血が流れる。

監督の「カット！」の声がかかる。

「なあ亀岡の兄弟よ。また助けられちまったな」

「岩場、滑りやすいですからね」

「ありがとな」

古藤監督がやってきて、

「二人のアドリブのところ良かったよ」と褒めた。

「いやあ、本当にすみません。大丈夫でしたでしょうか」

「はい。あれで使わせてもらいます」

「迷惑おかけしました」と、鎌田さんは監督に深々と頭を下げた。

「亀岡の兄弟にも迷惑かけちまったね」

「いえいえ」

鎌田さんは、亀岡の肩をポンッと叩いた。

「熊次郎物語」　シーン24　砂浜
砂浜にてチンピラ三人と対峙する芳蔵と三太。
チンピラ1は額から血を流している。

チンピラ1「テメエなめた真似しやがって」

芳　蔵「なめてんのは、どっちなんだい」

チンピラ2とチンピラ3は、手に持ったアワビの入った網袋をぶるんぶるんまわしている。

芳　蔵「おいおい、そんなに、まわすんじゃねえよ、アワビが目をまわしちまうだろう。早く海に戻してやってくれねえか」

チンピラ2は、アワビの網袋をまわしながら、その網袋で芳蔵のことを殴ろうとする。

さらりと身をかわす芳蔵。

三太がアワビの網袋をひっぱって奪い、海の方へ走って行く。

芳蔵はチンピラ2の足をひっかけて転がし、腹を蹴る。

三太が海にアワビを戻していると、チンピラ3が飛び蹴りをする。

そこに芳蔵がやってきて、背後からチンピラ3の首根っこをつかんで、

――――

海に投げ込む。

チンピラ2も、チンピラ1も、簡単に海に投げ込まれる。

鎌田さんのアクション・シーンでの身のこなしは、歳を取ってもまるで衰えを見せない、驚くべきものだった。

海に落ちたり、岩場で滑ったり、少し心配になるところもあったが、アクション・シーンになると、まるで別人だった。野生動物のような身のこなしである。

「はいカット！」

監督もスタッフも他の共演者も、鎌田さんに驚いていた。

一方で鎌田さんは、

「アクション・シーンなんて久しぶりだったんですがね、すんません。今の感じで大丈夫でしょうか？」と監督に訊いた。

「いやいや、想像以上でしたよ」

「そうですかね」

昼休みは、次のロケ先になる民家に移動して、弁当が配られた。

鎌田さんは、食事も決まったメニューがあるので、マネージャーが違う弁当を持ってくる。

亀岡が民家の軒先で弁当を食べていると、鎌田さんが隣りにやって来て、「兄弟、ここで一緒に食べていいかね?」と訊いてきた。

「もちろんです」

「ありがとな」

鎌田さんは亀岡の隣に座り、紙袋からおもむろに大きなタッパーを取り出した。中にはブロッコリーが山盛りに入っている。亀岡が覗き込むと、

「食いますかい?」と差し出してきた。

「ブロッコリーだけですか?」

「そうだね、昼はブロッコリーだね」

「お腹いっぱいになるんですか?」

「もう二十年以上、昼はブロッコリーですからね」

「そうなんですか」

「だからね、ブロッコリーがなくなってしまったら、昼は食うものなくなってしまいますよ」

「困りますね」

「どうぞ、食べてください。若い頃はこれ全部食べられたんですが、今はもう、この量は食べきれませんや」

亀岡はブロッコリーを貰った。柔らかく煮てあるが、塩すらかかってないので、味はほとんどしなかった。

鎌田さんは指でつまんで、ゆっくり嚙んで、飲み込んでいる。

しかし二十年も、ブロッコリーのみの昼飯とは驚きである。

「亀岡の兄弟は次の映画、決まっているんですか？」

鎌田さんが訊いてきた。

「次は、桜沢監督の、『ラーメン一代ゼロ』っていう作品ですね」

「ほう。どういう映画なの？」

「バイクレーサーがレースで事故を起こして、足を失うんです。それで絶望した彼が、ある日、日本全国のラーメン屋を車椅子で巡るんです。電車とかバスにも乗らず、車椅子で旅をするんですね。そして最後にラーメン屋を開くって話なんです」

「なかなか骨のある話だね」

「これ、実話らしいですよ」

「亀岡の兄弟はどんな役柄なんですか？」

「おれは車椅子で旅している男を、車で追い抜いて、嫌味を言うんです、邪魔だとかって」

「そりゃいけねえ奴だな」

「はい」

「そういうことをやっちゃいけねえな。他人の一生懸命にケチをつけるような奴は最低だからな」

「すんません」

鎌田さんはブロッコリーを五つほど食べると、

「ブロッコリーは元気になるので、どうぞ、どうぞ」

とスタッフに配り始めた。

スタッフはブロッコリーよりも、鎌田さんから物を頂くということが嬉しくて、喜んで食べていた。

それから毎日、昼休みは鎌田さんのブロッコリーを頂き、おかげで亀岡もスタッフも便通が良くなった。

撮影はそれから二週間ほど続いた。亀岡は鎌田さんに連れられて、あの芸者のいる屋敷にも二回行った。

撮影が早く終った日は、観光をしようと、鎌田さんの黒塗りの車で那智滝を見に行ったり、熊野速玉大社に行ったりもした。シャンと背筋を伸ばし、お参りをする鎌田さんの姿が印象的で、亀岡も真似してみたが、チグハグな感じだった。

撮影は順調に進み、クランクアップの二日前に亀岡の撮影はすべて終わり、みんなよりも一足先に東京へ帰ることになった。

「では、本日で亀岡さんの撮影は終了いたしました。おつかれさまです」

助監督が言うとみんなが拍手をする。鎌田さんが亀岡に花束を渡した。

亀岡は泣いた。涙が止まらなかった。鎌田さんと過ごした日々が楽しすぎて、別れるのが辛かった。

「おい、泣くんじゃねえ！　男だろ」

鎌田さんに一喝された。涙を拭いて顔を上げると、眼光鋭い、逝次の顔があった。

いくじの、いくは、捨て身の証、

いつ逝っちまってもかまわねえってことでごぜえます。

いくじの、じは、次はおれだという覚悟ができております。

逝次の仁義が亀岡の頭をよぎる。「すんません」と言いながら、たまらなくなった亀岡は鎌田さんに抱きついた。

「鎌田と亀岡」シーン0 最後の二人

別れを惜しみ鎌田さんに抱きつく亀岡。

鎌田「おいおい、人前でなにやってんだこら！」

鎌田さんは亀岡を突き飛ばす。地面に尻餅をつく亀岡は驚いた顔をしている。

鎌田さんは、ゆっくりと近づいてきて、手を差し出し、亀岡を立ち上がらせる。

見つめ合う二人、今度は鎌田さんの方から、亀岡に抱きつく。

鎌田「すまねえな」

――――

これは映画「辰巳横町花吹雪」でいうところの、逝次がドスで人を刺すときのパターンである。亀岡はこのまま、鎌田さんに刺されてしまいたいと思った。

耳元で、「ありがとよ」と鎌田さんがつぶやく。

映画はまだまだ続いていくようだった。

東京の東

東京

始発の電車には思ったよりも人が多く乗っていた。こんなに朝早くから、なにをやっている人達なのだろうかとぼんやり考えながらシートに座った亀岡は、電車の揺れを感じていると、いつの間にか眠ってしまっていた。

これから一週間、上野、浅草、隅田川附近で映画の撮影がある。撮影は早朝の集合が多く、毎朝始発に乗るのは大変だろうと考えた亀岡は、着替えをボストンバッグに入れ、今日から上野のビジネスホテルに泊まることにした。

今回の映画は低予算なので宿泊費は出ず、泊まるのは自腹だった。

熟睡していた亀岡は肩を叩かれて目を覚ました。目の前には六十歳くらいのおばさんが立っていて、

「もう終点ですよ」と言われた。

彼女は大きなリュックを背負っていて、登山靴を履いていた。

「ありがとうございます」

亀岡は立ち上がり、棚にのせたボストンバッグを手に取った。

新宿駅でJR線に乗り換えると席は空いていた。しかし座ってしまうとまた熟睡してしまいそうなので、ボストンバッグを足下に置いて、扉の脇に立ち、外の景色を眺めていた。

上野駅についてロータリーへ向かって歩いていくと、トナミ君がワゴン車の前に立っていた。

トナミ君は映画の制作をやっていて、亀岡は何度か仕事をしたことがあった。

「おはようございます。朝、早いですが、よろしくおねがいします」

トナミ君が言った。

「よろしくおねがいします」

「もうすぐ、石野さんも来ますので、車の中でお待ちください」

ワゴン車に乗り込んで座席に座ると、また眠気が襲ってきた。

しばらくすると女優の石野さんが乗り込んできた。

「おはようございます」

石野さんは三十二歳の個性的な女優さんで、無愛想な感じがするが、目が綺麗だった。鹿のように黒目が大きく、いつも潤んだような感じである。目が綺麗な女優さんは、いい女優だという持論が亀岡にはあった。

今回の映画では亀岡と彼女は夫婦役で、弁当屋を営んでいるという設定だった。

「よろしくおねがいします」

亀岡が言うと、無愛想な顔から、少し笑顔がこぼれた。たぶん彼女はもの凄く恥ずかしがり屋なのだろう。

トナミ君が運転席に乗り込み、車が走り出す。

「今から現場の弁当屋に行きます。その横の家が控え室になっていますので、そこでメイクして、着替えてもらいます」

上野駅から車で数分走ったところに撮影現場の弁当屋はあった。そこは廃業した店舗で、スタッフ達はホコリのたまった店内を掃除していた。

亀岡と石野さんは隣に建っている、長屋のようになった家に入る。そこが映画撮影の拠点になっていて、衣装や道具がたくさんある。二階の一室がメイクルームと衣装部屋を兼ねていた。

亀岡は白い調理服の衣装に着替えた。ヘアメイクとはいっても、天然パーマ気味の髪の毛を、少し逆立たせる程度だった。

撮影現場になっている弁当屋へ行くと、トナミ君はデッキブラシでキッチンの床を掃除していて、亀岡が本当によく働くなと感心しているとガス台の前で、油を温めているスタッフが声をかけてきた。

「亀岡さんは、ここで、コロッケを揚げてもらいます」

「はい」

「揚げ物仕事大丈夫ですか?」

「自分、学生の頃、トンカツ屋でアルバイトしていたので」

「へー。調理していたのですか?」

「いや、ホールだったんです。でも大丈夫です」

そう言いつつも亀岡は普段料理をしない。

横田監督が、セッティングの終わった現場に入ってきた。

「亀岡さんおはようございます! よろしくおねがいします!」

「おはようございます」

横田監督とは去年も仕事をしたことがあった。そのときの映画は今回よりもさらに低予算で、「おそれ入谷のキンタマくん」という、青春エロ映画だった。

今回は「どまん中」という、下町群像劇の映画で、亀岡の役どころは、奥さんと弁当屋を営んでいるが、夫婦関係はあまりよくなく、毎晩のように自転車で三ノ輪のフィリピン・クラブに通い、そこのベンちゃんという娘に入れあげている男の役だった。

ベンちゃんは、ベンジャミンの略で、彼女の役を演じる娘は、実生活でもフィリピン・クラブで働いていて、女優さんではなく、撮影前に監督が何軒もフィリピン・クラブをまわり、スカウトした娘だった。

東京では見つからず、栃木、茨城のフィリピン・クラブを何軒も探しまわった。綺麗すぎても駄目だが、へちゃむくれでも駄目で、屈託のない愛嬌のある娘という、横田監督の想定するような女の子はなかなか見つからなかった。

探し続けて一ヶ月後、ようやく群馬の国道沿いにあるフィリピン・クラブで彼女を見つけた。「フィリピン娘の顔ばっかり見ていたから、しまいには、どこの国にいるのかわからなくなってきた」と監督は話していた。

亀岡は彼女にまだ会っていなかったが、会うのが楽しみであった。

石野さんが割烹着を着て頭に三角巾をして現場にやって来た。彼女は演技をする前から、下町の弁当屋の疲れた女の感じが漂っている。このような役をやらせると、石野さんは完璧だった。

「どまん中」　シーン16　弁当屋

コロッケを揚げている光彦（亀岡）は、昨日も飲み過ぎて気怠そうである。

その横で妻の香織（石野さん）がキャベツの千切りをしている。

香織「ねえさ、あんたさ、昨日は、何時に帰ってきたの？」
光彦「三時くらいじゃねえかな」
香織「どこで飲んでたの？」
光彦「三ノ輪の方で」

香織、大きなためいきをつく。

香織「誰と飲んでたの？」
光彦「え？　あの、看板屋の、新さんとかとだよ」
香織「どこに飲みに行くのもあんたの勝手だけどさ、服が、香水臭いんだけど」
光彦「え？　あっそう」

少し動揺してコロッケを揚げている光彦。

香織「女の香水のニオイなんだけど、それもきっつい香水」
光彦「あっそう。そうか、汗かな」
香織「汗がなんなのよ」
光彦「汗が、良いニオイになったのかな。この前おれ誕生日だったろ」
香織「誕生日がなんなのよ」
光彦「厄年だからね来年。身体が変化したのかも」
香織「馬鹿なこと言ってんじゃねえよ！」

——


香織はもの凄い勢いでキャベツの千切りを始める。

光彦はコロッケを揚げ続ける。


まだ「カット」の声がかからない。

亀岡は、油の中に菜箸で挟んだコロッケを再び滑り込ませようとしたが、箸からスルリと落ちてしまい、跳ねた油が亀岡の額に飛んできた。

「あちっ、あちちち」

亀岡は思わず声が出てしまった。

石野さんが気を利かせて、アドリブで、物凄い形相で亀岡を睨み、千切りにしたキャベツを握りしめた。

亀岡は石野さんの演技の素晴らしさにしびれた。

彼女は普段は大人しいのだが、「馬鹿なこと言ってんじゃねえよ！」といった感じで怒鳴るセリフなど、すべてを凍りつかせるような迫力を出せる希有な女優さんだ。見た目はまったく違うけれど、夏目雅子の「鬼龍院花子の生涯」の名セリフ「なめたらいかんぜよ！」を現存する女優さんの中で唯一、言うことのできる人かも知れない。

「はいカーット！」

横田監督の声が弁当屋に響く。

飛んできた油で亀岡の額は赤くなっていた。トナミ君が濡れタオルを持ってきてくれたので、亀岡はそれを額に当てて冷やした。

「亀岡さんいいですねえ。動揺した演技最高っす」と監督が言う。

「ありがとうございます」

「石野さんも最高だよ！」

「はあ、ありがとうございます」

先ほどの迫力はどこへやら、石野さんは物凄く小さな声でいった。

「本当、素晴らしいですよ」

亀岡が言うと、石野さんは、

「なに言ってるんですか、困りますよ」

とはにかみながら、逃げるように、どこかに消えてしまった。

昼過ぎまで弁当屋での撮影が続き、夜は三ノ輪のフィリピン・クラブでの撮影だったので、石野さんのその日の撮影は終わった。彼女は現場を去るときに亀岡を呼び止めた。

「亀岡さん」

「はい」

「おつかれさまでした。あと数日間、どうぞよろしくお願いします」

「こちらこそ」

「あたし亀岡さんの演技尊敬してますんで」

「尊敬なんてやめてくださいよ。おれも、石野さんに、感心してます。石野さん目すごいキレイですもんね」

「なーに言ってんですか。変なこと言わないでください。さようなら、明日もよろしくお願いします」

石野さんは顔を真っ赤にさせ、走ってその場を去っていった。褒められることが当たり前だと思っている女優さんが多い中、こんな風に恥ずかしがる女優さんは石野さんくらいだ。ますます好感が持てた。

夜の撮影までは数時間の空き時間ができたので、亀岡は近所を散歩しながら次の現場へ向かうことにした。

ぷらぷら歩いていると、合羽橋の道具街に出た。食品サンプルや包丁、鍋などが店の前の歩道にはみ出て、うずたかく積み上げられている。外国人の観光客がたくさんいて、大きなヤカンを写真に撮っている。向こうの方に建設途中のスカイツリーが見える。しばらくうろついていると風呂屋の煙突が見えてきた。

今晩の撮影は何時に終わるかわからないので、亀岡はひと風呂浴びていこうと、煙突に向かって歩いていった。

番台で金を払い、小さなボトルのボディシャンプーを買って、タオルを借りて脱衣所に向かった。

ガラス扉の向こうは、湯船の上に富士山の絵のあるオーソドックスな風呂屋だった。

亀岡の他に客は一人だけで、皺だらけの身体の背中に、不動明王の刺青を背負っている爺さんが身体を洗っていた。不動明王はだいぶ疲れ果てている感じで、爺さんと同じくらいの年齢に見える。

亀岡はボディシャンプーで身体から頭まで洗った。不動明王の爺さんは、目を細めて気持ち良さそうに湯船に浸かっている。

全身を洗い終わり、湯船に足を突っ込んだ亀岡は、一瞬頭の中が真っ白になって、「あっちっち」と思わず声が出てしまった。湯がもの凄く熱かったのだ。足は真っ赤になっていた。

爺さんがゆっくり目をあけニタリと笑った。爺さんのコメカミあたりに汗が光っている。

湯はカップラーメンでも作れるくらい熱くて、よくも平然と入っていられるものだと思ったが、爺さんが入っている間は湯船に水を入れることがはばかられ、亀岡は湯船のヘリに座って、桶に入れた水に足を浸していた。

しばらくすると爺さんが湯船から立ち上がった。

さっきまで皺だらけだった不動明王が、まるで、生き返ったかのように浮き立ち、真っ赤に染まっていた。

もう一度、ゆっくり足を湯に浸してみたが、やはり熱すぎる。情けない気分で、水の蛇口をひねり、ゆっくり足を浸していったが、水を入れすぎるのもまずいので、全身をつけることはできなかった。

湯船に浸からずに風呂屋を出るのは、もの凄い敗北感だった。ちょっとだけ突っ込んだ足は、靴下を履くときも火傷をしたみたいにひりひりした。

風呂屋を出て、国際通りを三ノ輪の方まで歩き始めた。撮影現場は三ノ輪駅の近くにある、雑居ビルの中の潰れたフィリピン・クラブで、地図はトナミ君にコピーしてもらっていた。撮影隊は、もうそこに着いて準備をしているだろう。

言問通りを渡り、国際通りをしばらく行くと鷲《おおとり》神社がある。ここは十一月に酉の市がひらかれるところで、入り口には大きな熊手が飾ってあった。

腹が減ってきた亀岡は、鷲神社の近くにある蕎麦屋に入った。頼んだもり蕎麦は量が多く、もの凄くコシがあって、顎が疲れるほどだった。ヤカンに入ったそば湯はドロリと白濁していた。

そば湯を飲んでいると携帯電話で話すおっさんの声が後方から聞こえてきた。振り返ると大きな脂ぎった身体の成金風の男がいて、大きな声で喋っている。

「あのよ、今から、十五分とか、三十分後、大丈夫かな?」

言葉は寒い地方の訛りのようである。

「そんでさ、あのチャイナはいるかな? うん、じゃあ、あの娘にしてくれよ。なあ、あの娘は本当にいいぞ、うん、あれは言葉があまり通じないからさ、心が通じるっていうのかね。丁寧だしよ。全部が丁寧なんだよ。そうなんだ。じゃあ、十五分後に行くから、九十分のコースね」

携帯を切ると、男は楊枝をくわえ、財布から取り出したお札を乱暴な感じでテーブルに置き店を出て行った。

近くに吉原があるのを亀岡は思い出した。それにしても、まったく品のない男だ。ソープランドに行くのは勝手だが、あんなに大きな声で予約電話をするなんて、どんな神経をしているのだろうか。亀岡には理解しがたかったが、この撮影期間中、自分もソープランドに行きたくもなった。

店を出て三ノ輪の駅を過ぎると、撮影現場の雑居ビルが見えてきた。道路には機材車などが停まり、スタッフが荷物を運び込んでいた。

トナミ君が亀岡に気づき、「あと一時間くらいで撮影です」と言った。

エレベーターで四階まで上がると、鏡張りのステージのある店内には、古びた椅子とテーブルが並んでいた。店内は蛍光灯が光っていて、いろんなものが生々しく見えた。

亀岡は控え室で着替えとメイクをした。かつてフィリピン・クラブの控え室でもあったその部屋には、ピンクの法被《はっぴ》や太鼓、変な頭飾り、タンバリンなどが散乱していた。この状況からすると店の経営者は夜逃げをしたのかもしれない。

撮影の準備が整い、エキストラも集まってきたのだが、どういうわけかなかなか始まらない。亀岡も準備万端でソファーに座って待っていると、トナミ君がやって来た。

「すんません、ベンちゃんが、来てませんで」

「え？　そうなの」

「場所も時間もわかってるはずなんですけど。今も連絡したんですけど、通じなくて」

亀岡はソファーで居眠りをし始めた。スタッフはイラついた様子で、あたふたしている。監督は困った様子で煙草を何本も吸っていた。

一時間くらい経ってベンちゃんはやって来た。

「困るよ、こんなに遅れて来られちゃ」と監督は言ったが、

「ごめんなさいね。起きたけどまた寝ちゃったの」と、彼女はあっけらかんとしている。

スタッフ達はあきれた様子で準備に入った。

白いダボダボのスウェットの上下を着たベンちゃんを、トナミ君が亀岡のところに連れてきた。

「こちらが、光彦役の、亀岡さんです」

「こんにちは」

「よろしくね」

ベンちゃんが手を差し出してきて握手をした。彼女は甘い匂いがした。

「さ、じゃあ、ベンちゃんすぐに着替えてきて」

「はい、わかったよ」

ここで撮影するシーンは、ベンちゃんと光彦が、フィリピンへ一緒に遊びにいくことを約束するシーンであった。

緑色のドレスに着替えてきたベンちゃんは、ダボダボのスウェット姿ではよくわからなかったがスタイルがとてもよく、長い足にお尻がキュッと上にあがっていた。こんな緑のドレスが似合う子もそうそういない。監督もよく探してきたな、と亀岡は感心した。

しかしながら、セリフの方はからっきし駄目で、まったく覚えていなかった。

「どまん中」シーン23　フィリピン・クラブ
三ノ輪のフィリピン・クラブ、光彦の横にベンちゃん、二人は楽しそうに話をしている。

光彦「今日もキレイだなあベンちゃんは、そんな緑のドレスなんて着ちゃってさ、玉虫みたいだよ」
ベン「虫？　虫なんかじゃないよ！」
光彦「キレイな虫だよ玉虫ってのは、緑の」
ベン「バッタ？」
光彦「バッタじゃないよ」
ベン「嫌だよ虫なんて」
光彦「そうだね、じゃあ、なにがいい？」
ベン「なにがって……あれ、わすれた……」

ベンちゃんは黙ってしまった。ここから先のセリフはまったく覚えていなかった。

「困っちゃったな。ベンちゃんセリフ覚えてないの？」と監督が言った。

「うん。覚えられないよ。だって日本語喋れないもん」

「喋ってるじゃないの」

「ああ、そうか」

しかし、どうしても覚えられないとベンちゃんが訴えるので、設定を説明して、そこから先のシーンはアドリブで撮ることになった。

さらにお酒も本物を用意して、フィリピン・クラブで働いていたときのまま、普通にやってくれればいいからということになった。

一方で亀岡も、本物の酒を飲めるということで、だんだん変な調子が出てきた。

「どまん中」シーン23（続き／アドリブ）フィリピン・クラブ

ベン「お酒どうぞ」

光彦「ありがとう」

酒を飲む光彦

ベン「おー、飲みっぷりいいねえ」

ベンちゃん、また焼酎の水割りをつくる。

光彦「日本は慣れた？」
ベン「慣れたよ、でも、フィリピンの方が好きだね。お金稼げないけど」
光彦「ベンちゃんは、フィリピン戻る予定あるの？」
ベン「うん、来月、この映画の撮影終わったら、一度、帰るよ。子供もいるからね」

「はいカーット」

監督は困った顔をしながら、二人の方にやって来た。

「ベンちゃん、あのさ、映画の中で、映画のことは、喋らないでくれる？」

「へ？」

「今、映画撮ってるから、その、映画のことは、喋らないで欲しいの」

「はあ。なんかよくわかんないよ」

「じゃあ、映画って言葉は言わないで」
「はーい」

「どまん中」シーン23(撮り直し四回目/アドリブ)フィリピン・クラブ

光彦「あーどうも」

亀岡はベンちゃんが作ってくれた焼酎の水割りを、かれこれ七杯飲んでしまっている。

光彦「あー酔っ払ってきちゃった」
ベン「大丈夫?」
光彦「うん、大丈夫よ」
ベン「ケメオカさんは、どこ住んでるの?」
光彦「あん?」

ベン「どこ住んでる？」
光彦「おれは、西調布だよ、西調布って知ってる？」
ベン「知らない」
光彦「京王線の」

「はいカーット」

再び監督がやってくる。

「あのさベンちゃん、ケメオカさんじゃなくて、カメオカさんだから。それで役名は光彦なのね。ミツヒコさん」

「はあ」

「でさ亀岡さんは、住んでる場所、役柄では稲荷町の弁当屋だから。西調布は本当に住んでいるところでしょ」

「あーそうでした。すんません」

こんな感じで撮影は長引き、終わったのは夜中の三時だった。

亀岡は酒を飲み過ぎベロベロになってしまい、タクシーで宿をとっていた上野のビジネスホテルに向かった。

明日は朝からベンちゃんとデートをするシーンの撮影がある。

これは先が思いやられると、亀岡はベッドに沈んでいった。


ホテルの部屋の電話がけたたましく鳴り、ベッドから手を伸ばし受話器を取ると、

「お時間になりました。お時間になりました」と繰り返す女性の声がした。胃袋に残った酒がこみ上げてきて、吐き気がした。

カーテンの隙間からは紫色の電飾看板の光が差し込んでいる。外はまだ暗い様子で、高速道路の方から車の走る音が聞こえてきた。

時計を見ると五時半だった。今日はこれから浅草に集合して、葛西臨海公園に向かい、ベンちゃんとデートシーンの撮影だった。

酒臭いゲップをしながらベッドを抜け出した亀岡は、昨晩はホテルに戻ってからそのまま眠ってしまっていたことを思い出し、とにかくシャワーを浴びることにした。

髪の毛を洗っていると、頭がズキズキする。

普段なら二日酔いで現場に向かうと申し訳ない気分になるが、今回は撮影で飲ん

だ酒でこのようになっているので、なんだかよくわからない気分だった。

それにしても頭が痛い。ベンちゃんは確かに魅力的な女性ではあったが、これから数日間撮影を共にするのは、先が思いやられた。

シャワーを浴び、腰にバスタオルを巻き、部屋をうろつきながら、このままベッドに飛び込んで眠ってしまいたかった。

今日もこのホテルに泊まるので、荷物は置きっぱなしにして、エレベーターで一階に下りた。

フロントに鍵を預けようとしたが、誰もいない。ベルを鳴らすと、油が詰まったように太った男が出て来た。奥の方ではテレビの音が大きく響いている。

「おはようございます。早いですね」

男は言った。

「おはようございます」

鍵を渡すと、

「お客さんは、お泊まり、明後日までですよね」

「はい」

「あれ？　お客さん」

男は亀岡の顔を、まじまじ覗き込んだ。

「あっ、テレビで観たことあります」

「そうですか。ありがとうございます」

「あれ、すると撮影かなんかですか」

「はい映画の」

「そーですか。そうだそうだ、ちょっとサインして欲しいのですけど」

「はい。いいですよ」

男は一度フロントの奥に引っ込むと、色紙を持ってきた。

「おねがいします」

「はい」

「そうですよ、えっと、えっと」

男は宿帳をパラパラめくり、亀岡の名前を探すと、

「そう、亀岡拓次さん。この界隈じゃ、結構人気あるんですよ」と言った。

「え？　この界隈って？」

「この裏のバーとかね。よく好きな俳優として名前が上がりますよ」

「僕がですか？」

「はい。ここら辺はね、ちょっと、若い人たちの感じと違いましてね、おじさんっぽい方が人気あるんですよね」

「はあ、そうですか」

男の言ってることがよくわからなかったが、突き出された色紙に「亀岡拓次」とサインをした。

自動ドアが開くと冷たい風が吹き込んできた。外は明るくなってきていて、カラスの鳴き声が聞こえる。路地の入り口にある自動販売機の横では、手を繋いだ中年男性二人がいた。

そうか、上野のこの辺りは、男同士の、そういう場所だったのだ。すると、さっきフロントの男が言っていた、自分がこの界隈で人気があるというのは……。なんだか複雑な気分にもなってきた。

大通りに出てタクシーを拾い、集合場所の雷門の前にやって来た。マイクロバスに乗り込むと、心配していたベンちゃんは後部座席で大きな口を開けて眠っていた。

マイクロバスが走り出すと、トナミ君がコンビニで買ってきたおにぎりを配ってくれたが、さすがに亀岡は食べることはできなかった。

すると後ろの方から、

「おっはようございます、ケメオカさーん」

と元気な声が聞こえてきた。

振り返るとベンちゃんがおにぎりを手にして、手を振っていた。それにしても、朝からよくもまあ、こんなにも元気でいられるものだ。さっきまで眠っていたのに。トナミ君の話によると、ベンちゃんは家に帰ると間違いなく遅刻するだろうということで、女性スタッフとともに浅草ROXにあるまつり湯の仮眠室で眠ったそうで、格好も昨日と一緒だった。

バスは三十分ちょっとで葛西臨海公園に到着した。車を駐車場に停めると、スタッフは海辺の方に撮影の準備をしに行った。

亀岡とベンちゃんは、衣装に着替えていた。

「ケメオカさん、昨日はゆっくり眠れましたか？」

「いやあ、あんまり、眠れてません」

「大丈夫ですか？」

「はい。ベンちゃんは眠れた？」

「うん、眠れたね。サウナも入ったし、元気ですよ」

「そうですか」

「今日は、アタシ、あんまり間違えないようにしますから」

「はい。よろしくおねがいします」

「ケメオカさんも間違えないでよ」

マイクロバスを出ると、海の風が吹いてきて、もの凄く寒かった。


「どまん中」　シーン32　光彦とベンちゃんの海辺のデート

手をつないで、向こうの方から歩いてくる。二人の笑顔。しかし、どうにも風が強くて、二人とも目も開けていられないような状況であった。あげく、目をつむったまま歩いていたら、押し寄せた波で、亀岡の靴が濡れてしまった。


「はい。カーット」

監督の声が響く。

次は、海を眺めながら二人で語るシーンなのだが、海の方から吹いてくる風が強いので、海に背中を向けて、ベンチに座って喋るシーンに変更になった。
このシーンも、昨日の経験から台本通りではなく、アドリブになった。

「どまん中」　シーン33（アドリブ）

二人座って語り合う。

光彦「ベンちゃんの育った海はもっと青くてキレイなんでしょ」
ベン「うん。青いけどね、でも、キレイじゃないよ」
光彦「そうなの」
ベン「海にウンチするからね。それ海老が食べるよ。そして、その海老、人間が食べるよ」
光彦「海老美味しいの？」
ベン「美味しいよ、バーベキューにして食べるよ」

光彦「そうか」

このシーンの展開は、話の流れからベンちゃんの故郷であるフィリピンに光彦が一緒に行きたいということにならなければいけない。

光彦「食べたいね、その海老」
ベン「食べたい？」
光彦「そのウンチを食べる海老ってのは、さぞダシが効いてるんだろうな」
ベン「ダシ？」
光彦「うん。ダシ」
ベン「なに？　ダシ？」
光彦「ダシってのは、なんて説明したらいいんだろう。旨味っていうか、美味い成分が詰まっていて、それが放出されるっていうか」
ベン「ウンチ？」
光彦「ウンチじゃないんだけど」

「はいカーット」

監督の声が響く。

「あのさ、ちょっと、話が違う方向になっちゃいましたね」

「そうですよね」

「まあ、いいや、ＯＫ」

「え？」

「ＯＫＯＫ」

「え？　いいんですか？」

亀岡が言った。

「うん。大丈夫」

「いいじゃん、今の良かったじゃん。ケメオカさん」

肩を叩かれて振り返ると、ベンちゃんだった。

次のシーンではベンちゃんと観覧車に乗り、隣同士に座って見つめ合い、キスをすることになっている。このシーンも亀岡のアドリブに任された。

台本通りなら気恥ずかしさも免れるが、アドリブというのはどうにもこうにも恥ずかしい。
ベンちゃんはそんなことも気にせずにあっけらかんとしている。
観覧車の中に入り、カメラマンと監督が対面に座る。

「どまん中」　シーン37（アドリブ）　観覧車の二人

光彦「そうかそうか、ベンちゃんは、そうか」
ベン「なあに？」
光彦「高いところは大丈夫？」
ベン「そうね、大丈夫だね。アタシ、三階から落ちたことあるよ」
光彦「え？　どうして」
ベン「子供の頃、お父さん、酔っ払って、ベランダから投げられた」
光彦「へ？　大丈夫だったの？」
ベン「うん。ゴミの上に落ちた。ゴミ柔らかかったから」
光彦「そうかそうか」

亀岡はキスするきっかけを探ってみた。

――ベン「うわ～高くなってきたよ。高く！」

向こうの方には海が見える。亀岡は景色よりも、どのようにしてキスをすればいいものかタイミングを見計らっていたのだが、緊張してどうにもならなくて、あげく観覧車は下りてきてしまった。

「はいカット！」

監督が丸めた台本で自分の肩を叩きながら、

「亀岡さん駄目ですよ。キスしてくれなくちゃ」と困った顔をして言った。

「すんません。ちょっときっかけが、すんません」

「なんだ、ケメオカさん恥ずかしいですか？」

と言ってベンちゃんはゲラゲラ笑った。

「いや、なんていうか」

その恥ずかしさをごまかそうとすると、

「なら、アタシがしてあげるよ」

そう言ってベンちゃんは亀岡の目を見つめて、ふざけた感じでウィンクをした。

「そうしよう、じゃあ観覧車がテッペンにいったら、ベンちゃんの方から、キスしちゃって」

監督が言った。

「はーい」


「どまん中」　シーン37（撮り直し／アドリブ）　観覧車の二人

光彦「だんだん高くなってくるね」
ベン「そうだね」
光彦「高いところ大丈夫？」
ベン「大丈夫だよ」

亀岡はしばらく黙ってしまった。

ベン「ああ、もうすぐテッペンね」
光彦「そうだね。そうなるね」
ベン「ここが、テッペンかね」
光彦「もう少しじゃないのかな」
ベン「そうか」
光彦「ここら辺かな、テッペン」
ベン「そうだね。じゃあ、キスするよ」
光彦「ああ、そうだそうだ、キスだね。キスしなくちゃね」

ベンちゃんは顔を近づけ、唇を重ねてきて、舌も激しく入れてきた。亀岡も舌を入れた。さらにベンちゃんは、亀岡の手を取って自分の胸に持っていかせた。ふっきれた亀岡は彼女の胸を揉みまくった。もう撮影なんてどうでもよくなってきて、スカートの中に手を突っ込もうとした。

「はいカーット」

監督の声が響く。

亀岡の興奮は収まらず、ベンちゃんの太ももをわしづかみにした。ベンちゃんもまんざらでもないらしく股を大きく開いてきた。

「カット、カット」

ふたたび監督の声。

まるで無理矢理、現実に引き戻されてしまったかのように二人はしばし見つめ合っていた。ベンちゃんの目は濁りのない、真っ直ぐで綺麗な目だった。亀岡はすぐにでも抱きつきたかった。

観覧車を降りて、亀岡は先ほど重ねた唇を思い出すように、舌なめずりをした。

「ケメオカさん」

肩を叩かれ、振り返るとベンちゃんが微笑んでいた。

「あっ。おつかれさま」

「フフフ。ケメオカさん、おもしろいね」

「え？」

ベンちゃんは亀岡の頬に軽くキスをして、「あー寒い、寒い」と言いながら、マイクロバスの方へ小走りで去っていった。

ベンちゃんのキュッと上がったお尻が果物に見えた。

この撮影が終わったら子供に会いに戻ると話していたベンちゃんと、一緒にフィリピンに行くのも悪くないなと思った。ベンちゃんと彼女の子供と自分で、青い海を眺めながら、焼いた海老を食べているところを想像した。

「亀岡さん行きますよ」

トナミ君に声を掛けられた。

その日は弁当屋での撮影が夜からあった。

夕方、現場にやって来た石野さんはあいかわらず綺麗な目をしていた。

今回の撮影で石野さんとのラブシーンがないのが残念に思えた。

砂漠の方へ

モロッコ

六本木にある高級ホテルの一室に、亀岡はオーディションで呼び出された。随分ふざけたところでオーディションをするものだと思いながら、約束の時間にホテルの部屋をノックした。

トップシークレットのオーディションだからといわれていて、なんの前情報もなく台本もなかった。

部屋の中に入って行くと、応接間のソファーに外国人が三人座っていて、通訳の日本人女性がいた。

驚いたことに、ソファーの真ん中に座っているのは亀岡が若い頃に観て多大な影響を受けた映画「真っ昼間のカラス」の、アラン・スペッソ監督だったのだ。この映画は当時の若者を熱狂させたニューシネマ後期の作品で、亀岡が初めて観たのは二十代の頃、名画座での再上映で、それ以降も合計十五回は観ている。

主人公の若者トラベスは、ニューヨークの喧噪の中での生活で常に孤独を感じて生きている。恋人もいない、友達もいない、仕事にもあぶれ、日々、悶々としていた。

そんなある日、ポルノ映画を観た帰りに立ち小便をしていると、ゴミを漁っていたカラスがなついてきた。トラベスがアパートに帰ろうとすると、カラスも一緒についてくる。トラベスはカラスに語りかける。カラスは「カーカー」と鳴くだけだが、気持ちが通じ合うような気がした。

彼は言う、「こんな糞みたいな生活、こんなゴミ溜めのような街なんかにいても仕方がねえ、もっとマシな所にいこう」「カーカーカー」。カラスは常にトラベスと行動するようになる。

余談であるが、撮影で使われているカラスは本物で、物凄く頭が良く、監督は「カラスは全部、ぼくの演出意図を理解してくれていたよ」とも語っている。またヨーロッパの映画祭で、唯一人間以外の生き物が賞にノミネートされたことでも話題になった。

ある日、トラベスとカラスは一緒にニューヨークの街を出る。「もっとマシなところへ。おれ達が腐っちまわないところへ」。ヒッチハイクをして、暖かいところを目指すのだが、途中でヒッチハイクで乗せてもらおうとした男に、「カラスはごめんだね」と乗車拒否をされてしまう。怒ったトラベスは男を殴り、揉み合いになったあげく、男は車のバンパーに頭を打ちつけて死んでしまう。それからカラスが男の死体から目玉をくりぬくのだが、このシーンは残虐すぎるのではないかと、当時論争にもなった。

人を殺すつもりはなかったが、殺人者になってしまったトラベスは自暴自棄になり、車を盗んでカラスを助手席に乗せて走り出す。エンジン音とともにカラスが激しく「カーカー」と鳴く。このシーンは、若者の焦燥感を描いた映画史に残る名場面だ。

車はフロリダ州のキーウェストを目指す長い橋を渡っている。強い陽射しを浴び目を細めながら「太陽がまぶしいぜ」とつぶやくトラベス。その瞬間、ハンドル操作を誤り、海に真っ逆さまに落ちていく。窓から、真っ黒のカラスが飛び立ち、青い海と青い空の間を羽ばたき、飛んでいく。

亀岡は、まさかスペッソ監督がいるとは思わなかったので、興奮してしまった。

「ハロー」スペッソ監督が気さくに話しかけてくる。

「あっあっあ。ハローハロー。アイアム、カメオカタクジ、ジャパニーズアクター」

通訳の女性が冷たい視線で亀岡を見て、資料を見ながら、監督に亀岡の経歴や過去に出演した作品のことを説明している。英語だからなにを言っているかわからないが、ときたま、自分の出演した映画の題名が聞こえてくる。

監督以外の人は言葉を発することもなく、亀岡のことを眺めている。たまに目が合って気まずい雰囲気になったが、彼らは表情ひとつ変えることはない。

しばらくすると通訳の説明を受けていたスペッソ監督が突然興奮して、

「オウ！　ヤミノネズミ！」と叫んだ。

「ヤミノネズミ！」

ふたたび大きな声で言う。亀岡がキョトンとしていると、通訳の女性が、「監督は、亀岡さんの出演している『闇のネズミ』という作品が好きらしいです」と言った。

「ヤミノネズミ！」

「イエス！　ヤミノネズミ」と亀岡は微笑んだ。

「ヤミノネズミ！」

映画「闇のネズミ」は五年前に上映された時代劇だった。亀岡は主役の男と二人、泥棒を繰り返し、旅をする役を演じた。

亀岡の貧乏臭い風貌や演技が妙にリアルで話題となり、特にネズミを捕まえて地面に叩き付けるシーンは衝撃的で、亀岡の演技には狂気が走っていた。実際は、主演俳優があまりにもワガママで、常にイラついていたので、そのような演技ができたのだった。

監督は興奮して「ヤミノネズミ！」を連呼していたが、他のスタッフはあいかわらず表情ひとつ変えずに座っている。

その後通訳を介して質疑応答をしばらくおこない、オーディションは終わった。セリフも読まされなければ、作品の説明もなかった。ただ今回のオーディションはシークレットなので絶対に口外しないという約束書類に、サインをさせられた。

亀岡は自分がなにをしに来たのかわからないまま家に帰った。

三ヶ月後、亀岡はモロッコに行くことになった。オーディションに合格したのだった。あいかわらずシークレットだということで、台本もなく、内容がざっくり書かれたものが渡されてはいたが、そこには「男は記憶をなくし、気づいたら砂漠にいた」とあるだけで、自分の役どころすらわからなかった。

他に送られてきたのは、パリ経由カサブランカ行きの航空券で、添えられた手紙には、空港にハミッドという日本語を喋る現地人が待っているので、彼に従ってくれればいいとあった。情報はそれだけ。英語で書かれた分厚い契約書も送られてきてはいたが、それは事務所が処理してくれるので、目を通していなかった。

亀岡は、いつものボストンバッグで成田空港に向かった。

いよいよハリウッド映画にデビューするのだが、なんせ内容がまったくわからなかったので、躍る気持ちや意気込みはなく、地方のロケ現場に乗り込むときと気持ちは変らなかった。

海外は、二年前に出演した映画が韓国の映画祭に招待されたときに行って以来だった。

隣に座っているのが年増のフランス人で、香水のニオイをぷんぷんさせているので頭がクラクラしてきた。彼女は気難しい顔をして、分厚い本を読んでいる。

亀岡はウィスキーソーダを飲み、映画でも観ようとしたが、香水のニオイのせいで集中できなかった。

食事が終ってからもウィスキーソーダを四杯飲み、いつの間にか眠っていた。パリのシャルルドゴール空港に到着後、トランジットで六時間待ち、飛行機を乗り換えた。天気が良かったので亀岡は窓からずっと外を眺めていた。ヨーロッパ大陸からアフリカ大陸に渡ると、大地の色がいきなり変化したことにえらく感動して、もの凄く遠くに来てしまったという気分になった。カサブランカに到着して、預けていたボストンバッグを受け取りゲートを出ると、日本とはまったく違うニオイがして、乾いた空気とともに外国にやって来たことを実感させた。

ゲートの先には、ダンボールに「KAMEOKA NEZUMI」とマジックで書いた紙を持っている褐色肌の背の高い男がいた。

「ハミッドさんですね。アイアムカメオカです」

「おー、カメオカさんですね」

握手をした彼の手は汗で濡れていた。

「どうぞよろしくおねがいします」

「こちらこそ、よろしくおねがいします。ハミッドさん日本語上手ですね」

「わたしね、ニホンにすんでました。キチジョージのお店ではたらいてました」

ハミッドは、亀岡の荷物を手に取ろうとした。

「大丈夫ですよ、自分で持ちます」

「お客さんですから」

ハミッドは強引に亀岡から荷物を取って、すたすたと歩き始めた。

空港を出て、駐車場に停まっていたハミッドの車に乗り込んだ。車はボロボロのシトロエンで、エンジンの音がやたらうるさく、走り出すとガタガタ揺れた。

「これからの予定はどうなっているのですか?」と亀岡は訊いた。

「今晩はカサブランカに泊まって、明日は朝から電車でマラケッシュに向かいます」

「そこで、撮影ですか?」

「いや、そこからバスに乗って、砂漠へ向かいます」

「砂漠? 撮影はそこで、やっているんですか?」

「そうです。わたしは、そこまで、あなたを連れて行きます」

「砂漠に行くんですか、おれ」

「そうです。砂漠行ったことありますか?」

「いや、ないですよ。よろしくおねがいします」

窓の外に流れる景色は砂っぽかった。大きな看板には蛇がうねったようなアラビア文字があり、日本では考えられないくらいに車はスピードを出している。

「砂漠ってのは、ここから近いんですか？」

「遠いです、バスだと三日くらいかかります」

飛行場から一時間ほど走ると、カサブランカの街に入った。街はもの凄い喧噪で、クラクションや物売りの声が響いている。

古い石造りの建物もあるが、近代的な大きなビルもある。

「あそこがスークです」

ハミッドが言った先には、城壁があり、人が溢れていた。

「スークってなんですか？」

「市場です」

車はそのスークの目の前にある古いホテルに止まった。

ハミッドはトランクから荷物を出し、ホテルのロビーまで運んでくれ、フロントの男となにやら話をしてから、キーを受け取り、亀岡に渡した。

「今日は、ここに泊まってください。明日の朝迎えにきます。お金の両替は、フロントでできます。ご飯とか食べるのなら、近くに食堂があります」

ハミッドはもう少し面倒をみてくれるものだと思っていたが、どうもここで帰ってしまうらしい。

「あとは、自由に行動していてください」

「自由ですか」

「美味しいものたくさんありますから」

亀岡は知らない街にいきなり放り出されることになって、不安になってきた。

「お酒飲めるところで、いいお店はありますか？」

「お酒？　お酒は、飲みませんから、この国は」

「え？」

「イスラム教は飲まないです」

「ああそうなのか」

「このホテルにバーはないけど、前のハイアットリージェンシーにバーがあります、でもビックリするくらい高いです。街でも飲める所はありますけど、そこは危険なので、行かない方がいいです」

ホテルの部屋は、すべてのものが日本の一・五倍の大きさだった。床は大理石で歩くたびにコツコツ音が鳴る。

さてこれからどうしたらいいものか。亀岡はベッドに座って考えていた。ハミッドは朝迎えにくると言っていたが、それが何時なのか聞き忘れていた。とにかくフロントに行って、金を両替した。渡されたモロッコの紙幣、ディルハムは湿気《しけ》っていて変な臭いがした。

フロントの髭を生やしたおっさんが「ジャポン？」と訊いてきた。

「イエス」

「キャンユースピークフレンチ？」

「ノー」

モロッコで、アラビア語以外に通じる言語は、フランス語らしい。

街を歩いているといたるところに音楽が流れていて、それにかぶさるように人々の声が響いている。陽は徐々に傾いてきていて、街のネオンが光り出した。人々は車の行き交う大通りを信号無視で渡っていた。けったいな男がなにやら亀岡に話しかけてきたが、無視をして大通りを渡った。

地図もないのでホテルから離れてしまうと迷子になってしまいそうなので、なるべく近辺を歩いていたが、それでも入り組んだ路地がたくさんあって混乱してきた。さらに、耳をつんざく音楽や街の喧噪が、その混乱に拍車をかけた。

とにかく腹が減った。だが、どこに入ったらいいのかわからない。目の前でチキンを焼いている店があったので、入って、「ディスディス」とチキンを指した。店の男は、大きく頷き、椅子に座るように促した。椅子はプラスチックの安物で、座るとグニャリと曲がり、安定が悪くなった。

メニューを見たが、やはりアルコールの類いはなかった。

亀岡はコーラを頼んだ。焼かれたチキンには、パンとオリーブがついてきた。チキンはガーリックで味付けがしっかりしていたが、パンは干からびていてやたら硬かった。コーラは日本で飲むよりも甘く感じた。

飯を食い終わりホテルに戻る途中、裏路地を覗くと、怪しい、紫の光の看板があった。どうも酒場らしいのだが、雰囲気はあまりにも怪しすぎる。酒を飲まない宗教の国で、酒を飲むということは、とんでもない罪を犯すことなのだろうか。ロクデナシの溜まり場だということが窺える。

だが、元来酒飲みである亀岡は、怪しさや恐怖よりも、酒を飲みたい気持ちの方が勝っていた。とにかくビールが飲みたい。

路地に入り、恐る恐る店の扉を開けてみると、爆音でアラビアン・ポップスが流れてきた。それだけで、亀岡の感覚はゆらゆらしてきた。

店の中はなにかをいぶしたような煙がもうもうと立ちこめていて、あきらかに目の濁ったヤバそうな連中がいた。顔だけみると山賊のような男たちで、まるで、西部劇のワンシーンに紛れ込んでしまったような気分にもなった。

煙の中をかきわけて奥に進んでいくと、電飾が光っているカウンターがあって、奥の壁にはビールの銘柄のネオンが光っていた。壁に取り付けてある棚にはテレビが置いてあり、サッカー中継が流れているが、爆音で流れるアラブ音楽でその音はかき消されている。

カウンターの中には髭の濃い痩せたモロッコ人が立っていて、亀岡を見ると顎をしゃくり上げ挨拶をしてきた。亀岡は頭を下げてお辞儀をした。

さっきから気になっていたが、日本人の挨拶は頭を下げるけれど、こちらの人は逆で、顎をしゃくり上げるような挨拶をする。

亀岡は「ビアー、ビール、ビアー」と男に言った。彼は愛想なく頷き、奥の冷蔵庫を開けにいった。背中に感じる視線を意識してゆっくり振り返ると、暗闇の中にたくさんの濁った目が白く光っていた。

真ん中のテーブル席には、大根のような太い腕を組んでいる男がいて顔は傷だらけだった。胸は空気でふくらませたように盛り上がり、目は鋭い。

その横にはスーツを着た禿げ頭の小さな男が赤ら顔で座っている。隣の男に比べて愛嬌はあるが、やはり眼光が鋭かった。見るからに堅気ではない二人、小さな男がボスで、大根腕の男が用心棒のようである。

奥のテーブル席では、店の中で唯一の女性が座っている。彼女は煙草をふかしながら、うつろな目で天井を眺めている。唇には真っ赤な口紅が塗られ、頬がやたらこけていた。しかし男達は彼女の存在を無視するかのように、酒を飲んでいる。カウンターに置かれたハイネケンの瓶ビールは煙と音の渦にまみれ炭酸が抜けていく。

亀岡はまだ緊張していた。カウンターに酒を取りにくる酔っ払いの男たちは、こんなところにやって来た東洋人が珍しいらしく亀岡に握手を求めてきた。みんな手がデカくてゴツゴツしていて、まったく愛想がないように思えていたが、実は気のいい奴等なのかもしれない。

二本目のビールを飲んでいると、大根腕の男が、片手で二本のビール瓶を指に挟んで横に立っていた。目が合うと顎をしゃくり上げてきたので、今度はこちらの挨拶にしたがって、亀岡も顎をしゃくり上げた。

彼は無言で自分のいた席を指した。禿げた男がこちらを見てニコニコしながら手招きをしている。

亀岡はビールを手に持ち、男と一緒にその席へ向かった。テーブル席に座ると、「ジャポン?」と訊いてきたので、「イエス」と答えた。

それ以上まったく会話が進まない。しばらくして禿げた男が大根腕になにやら耳打ちすると、大根腕は立ち上がり、カウンターに向かった。そして赤ワインのボトルとコップを持って戻ってきた。

注がれたワインを飲みながら、亀岡は無言で禿げの男と見つめ合っていた。もしかしたら、この禿げはおれに恋してしまったのかもしれない。トロける目でニコニコしている。この変な空気をどう打破したらいいのかわからず、ワインを飲み続けた。大根腕は表情ひとつ変えずに、傷だらけの顔でこちらを見ている。

しばらくすると店内の音楽が止んで、ポコポコと安っぽいリズムマシーンの音が店に響き出し、客達が大きな声を出し拍手をし始めた。店の中にある小さな舞台上では、太ったオッサンがキーボードの前に座っていて、紫色のサテンの布をまとったグラマーな女性が現れた。彼女は彫りの深い顔で、怪しいガラス玉のような目玉で客達を見まわし、腰をくねらせた。波打つお腹でヘソが見え隠れしている。

リズムマシーンのポコポコ音が激しくなり、彼女がマイクを取って唄い始めた。

歌声は、太く、怨念がこもっているようだ。

突然、禿げの男が亀岡の手を握ってきて、亀岡は禿げの男に連れられ、フロアの真ん中に行き、手を取り合って踊ることになった。なにも抵抗はできなかった。足でステップを踏みながら、男と一緒にフロアをぐるぐるまわった。

男達がやんやと騒ぎ出し笑い声が聞こえてきた。亀岡の踊りはもの凄くリズム感のない滑稽なものだった。

唄う女と目が合う。大きくて黒い瞳に吸い込まれてしまいそうだ。禿げの男の頭からはオーデコロンの臭いが漂ってきて、現実が曖昧になっていく。

異国の、アルコールが禁止の国で、禿げたおっさんと見つめ合い、ワインを飲んで、踊っている。

二十分ほど踊り続け、ふらふらになってテーブル席に戻ると、大根腕の男が無表情にビールを差し出してくれた。

再び会話のない時間が流れる。彼女の歌声が身体に響いて振動している。

亀岡は一気にビールを飲んで、そろそろホテルに帰ろうと思った。「ホテル、ホテル、タイム、タイム」と言いながら入り口を指し、財布を出して払おうとすると、禿げの男が手で制した。

「シュクラン」と亀岡は言った。

禿げの男が手を差し出してきたので握手をした。大根腕とも握手をした。それまでまったく笑わなかった彼の顔が少しやわらいだが、顔の傷が深くえぐられて、余計に凶悪に見えた。

奥に座っていた痩せた女性はいつの間にかいなくなっていた。あれは娼婦だったのか？　大根腕と禿げの男は、いったい何者なのか？　そして自分はなにをしていたのか？

ホテルに戻ってフロントでキーをもらうと、アルコールの臭いがしたのか、従業員はあからさまに嫌な顔をした。

部屋に戻って、シャワーも浴びずにベッドに横になった。

朝、部屋の電話がけたたましく鳴った。出るとハミッドだった。

「カメオカさーん起きました？　もう時間ですよ」

ハミッドはフロントでミントティーを飲んでいた。亀岡も勧められ、鉄の急須から小さなガラスのコップに注がれたそれを飲んだ。砂糖が大量に入っていてかき氷のシロップのように甘くて驚いたが、ミントの清涼感で昨日のアルコールが残る胸のあたりがスッキリしてきた。

すぐに出発だと急かされ、慌てて部屋を出てきた亀岡であったが、ハミッドはホテルの人と喋り続けていた。

十五分ほどフロントでミントティーを飲んでいると、タクシーがやってきて、カサブランカの駅まで行った。

「カメオカさん、お酒飲んだでしょ?」

「はい」

「お酒臭いですよ、ミントティーたくさん、飲みましょう」

駅に着くとカフェに寄って、またミントティーを飲んだ。

ミントティーを飲むには作法があって、ポットを高くかかげながらグラスの中に注ぎ、もう一度ポットに戻すことを何度か繰り返してから飲む。そうすると風味が増すのだと、ハミッドが教えてくれた。

電車に乗って亀岡は眠り、数時間でマラケッシュに着いた。そこが砂漠になっていると思い込んでいたが、砂漠らしきものは見当たらない。

駅前で待っていた四輪駆動車に乗り込んで移動をする。運転手は現地人の男で緑色の遠い目をしていた。

目の前に大きな山脈が見えて、「あの山を越えた、向こう側に行きます」とハミッドが教えてくれる。

マラケッシュの街を抜け山道に入ると、徐々に道が険しくなってきた。亀岡は、車の揺れに任せてまた居眠りをした。移動中は眠るに限る。

夕方、車はワルザザードという街に入った。あたりの雰囲気はカサブランカとはまったく違っていた。

空気は砂っぽく、黄土色の地面に対比するように真っ青の空が広がっている。

「あそこが、映画スタジオです」

ハミッドが指したところには大きなゲートがあり、真ん中になんだか造形のおかしいツタンカーメンの像があった。

「明日はあそこで撮影ですか？」

「いや、あそこじゃないです。カメオカさんは、ホテルに一泊してもらって朝に砂漠に向かいます」

ワルザザードのホテルは出演者が泊まっているらしく、四つ星の立派なホテルだったが、撮影に出かけているのか、映画関係者らしい人の姿はなく、閑散としていた。

部屋は、軽く十人は泊まれるほどの大きく豪華なもので、まったく落ち着かない。自分はいったいなにをしに来たのか、さらによくわからなくなっている。

ハミッドの泊まる宿はここではないらしく、「明日の朝、また迎えに来ます」と言っていなくなってしまい、亀岡は、また一人残されてしまった。

ホテルは高台にあって、街の方まで下りていくにはだいぶ時間がかかりそうだったので、仕方なくホテルの中をうろついていたら、中庭のプールに出た。

そこにはミニバーがあって、また酒を飲み始めてしまった。

しばらくすると、今回の映画の主演俳優、ブレイド・シカティックがやって来た。彼は金髪女性を連れて、プールサイドに座った。亀岡はチラチラと二人を気にしていたが、向こうが自分のことを知っているはずもない。

それにしても、自分がこんなところにいるのが、まったくもって場違いな気がしてきた。

いったい明日の撮影は？　どんな映画なのだろうか？　酒を四杯飲み、サンドウイッチを食べて部屋に戻り、すぐに眠った。

目を開けると、外は明るくなっていた。豪華な装飾の部屋の天井には、幾何学的な模様があって、一瞬、自分がどこにいるのかわからなくなった。

しばらくすると部屋の電話が鳴り、出るとハミッドだった。

「そろそろ、砂漠に向かいますよ」

亀岡は急いで着替え、部屋を出た。ハミッドはロビーでミントティーを飲みながら待っていた。

ホテルを出ると、昨日と同じ車が停まっていて、運転手もあの無口な緑目の男だった。

山を越えると、徐々に植物の緑が見えなくなり、乾いた大地が広がってきて、道の舗装が悪くなる。車の揺れも激しくなった。

途中の小さな集落に出ると木造の傾いた建物の前で車が停まった。そこは売店で、水とパンと飴を買った。カサカサに乾いたパンには砂が付いていて、口に入れるとジャリジャリ音がした。

地平線の向こうに大きな石の山が見える。

「最後の村です。ここから先が砂漠です」とハミッドが言った。

村には粗末な家が数軒立ち並び、道はアスファルトから砂へと変わり、砂地が一気に広がった。

車の横をオフロードバイクの集団が通り過ぎ、砂漠の中に突入していった。

撮影現場は最後の街から少し走ったところにあった。テントが何張も立てられていて、オフロードトラックが数台停まっている。

すでに照明の機材やカメラのクレーンなどが配置され、そこはむりやりこしらえたオアシスのような風景だった。

亀岡はトラックの後方のコンテナに案内された。こんなところでもクーラーが効いていて、もの凄く涼しい。ここが衣装やメイク室になっているらしい。

ここまで来ても自分がどのような役なのかまったくわからなかった。衣装を渡してきたのはゲイっぽい白人だった。彼は黒い布を亀岡にあて、にっこり微笑み、服を脱ぐように促した。亀岡は布をすっぽり被せられ、頭にも目の部分が開いている黒い頭巾を被せられた。

外に出るともの凄い暑さで、向こうの方で監督がメガホンを持ってなにやらわめいている。こんなにたくさんの人間が必要なのかと思えるくらい、関係者が砂漠の中に溢れていて、向こうにラクダが一頭いた。

あまりに暑いので亀岡は頭巾を取って、監督のいる方まで歩いていった。監督はハミッドとなにやら話をしていたが、亀岡がやって来たことに気がつくと、「カメオカー!」と大きな声で叫んだ。

亀岡が頭を下げてゆっくりお辞儀をすると、監督もそれを真似して、ぎこちないお辞儀をした。

数ヶ月前に六本木のホテルで会ったときよりも、さらにテンションが高く、喋っているというよりも、常にまくしたてているような勢いだった。

ハミッドは監督から受けた説明を亀岡に伝えた。

「亀岡さんは、向こうの方でラクダを引いて、歩いてください」

「はい。それから？」

ハミッドは監督に訊く。監督はなにやら答えた。

「それだけです」

結局、台本もなにもなくて、自分がどんな役なのかもまったくわからない。

亀岡は現地人の本物のラクダ使いと一緒にカメラからだいぶ離れたところで待機することになった。ラクダ使いは薄汚れた白いポンチョのようなものを着ていた。

亀岡に微笑みかけてきたその歯は真っ黒だった。

砂に足を取られながら歩いていく。ラクダはもの凄く臭かった。皮膚の毛穴で屁をこいているような臭いが漂う。

ラクダ使いが亀岡に手綱を渡すと、ラクダが突然暴れ出した。亀岡は引っぱられ、砂地に転んでしまった。するとラクダ使いが、木の棒で容赦なくラクダを引っ叩《ぱた》いた。

ラクダの身体でボスボスと叩かれる音が響く。ラクダはブルルと口を鳴らし、唾の泡を亀岡に飛ばしてきた。唾も、とんでもなく臭かった。

ようやくラクダが落ち着き亀岡は再び手綱を持った。ラクダ使いが向こうの方のカメラに手を振りながら、走っていなくなってしまった。

拡声器で「スタート」の声がかかる。

亀岡はラクダを引いて歩き始めた。

前方には砂と空しか見えない。風が吹いている。

なかなかカットの声がかからない。

そういえば頭巾を被るのを忘れていた。だがここで被るわけにはいかないし手元にない。ラクダが暴れたときに落としてきてしまったのかもしれない。

太陽の熱で頭がクラクラしてくる。毛穴から汗が噴き出ている。頭巾が気になったが、もうすべてが嫌になっている。どうでもいいと思った。

天然パーマの髪の毛に砂漠の風が吹き込んでくる。後方でラクダがまたブルブル口を鳴らし、再び唾液を飛ばしてきた。

どこまで歩かされるのだろうか？　チラッと遠くの撮影隊の方を見ようとしたが、やめた。カメラを見てＮＧになったら困る。一発で終わらせたい。だが頭巾を被ってないのが気になる。

もしかしたら、撮影隊は自分のことを忘れてしまったのではないかと思えるくらい歩かされている。このままラクダと歩いて、どこにいってしまうのだろうか？　向こうには青い空が広がり、あとは砂だけだった。

喉がやたら渇いてきた。唇の上で流れた汗は乾き、舐めるとしょっぱかった。砂が口に入って奥歯がジャリジャリする。意識が遠のいて、風の音、砂の感触、照りつける太陽、すべてがバラバラになって、身体の中に入り込んでくる。おれはいったいなんなのか。ラクダがブルブル口を鳴らす音が聞こえる。

どのくらい歩いていたのだろうか、向こうの方からエンジン音が聞こえて、ジープが走ってきた。

「カーットＯＫ！」

荷台に乗っていた監督が、飛び降りて亀岡を抱きしめた。

さっぱりわけがわからないが、どうも二十分以上歩いていたようである。

ラクダ使いに手綱を渡し、亀岡はジープに乗り込み水を飲んだ。

監督は興奮して喋り続け、ハミッドがそれを通訳してくれる。

「亀岡さん最高、死にそうな感じで、砂漠を歩く、あの姿は、あなたしかできません。足取りが、だんだん駄目になっていく感じとか、疲れた感じとか、本当に最高です」

「ありがとうございます」

そう言われたものの、実際に亀岡は脱水症状に陥り、熱中症寸前でもあった。

黒い布を脱ぐとパンツの中から頭巾が出てきた。

控え室になっているコンテナはクーラーが効いていて、ようやく身体の調子が落ち着いてきた。そこへハミッドと監督がやって来た。

監督が喋り、ハミッドが通訳をする。

「どうも、ありがとうございました、これで撮影は終わりです。あなたと仕事ができて、本当に嬉しかったです」

「こちらこそ、どうもありがとうございます」

撮影はまだ続いていたが、亀岡はハミッドと運転手とホテルに戻った。

いったいなんだったのだろう？　砂漠でラクダを引いただけだった。

その日は昼までホテルで休み、ハミッドと車でマラケッシュに戻り、マラケッシュのホテルで一泊して、電車でカサブランカに戻ってきた。

本来はカサブランカで一泊して、翌日の飛行機で日本に帰る予定であったが、ストライキがあって、飛行機が飛ぶのは三日後になってしまったとハミッドに伝えられた。

カサブランカで放ったらかし状態にされてしまった。なんのケアもなく、ハミッドもいなくなってしまった。

このままホテルで寝て過ごすしかないかと思いながら、ホテルのロビーで一人ミントティーを飲みながらモロッコの地図を眺めていると、タンジェという街が目に入った。

タンジェは亀岡の大好きなスパイ映画「骨抜きレモ」の舞台であった。「骨抜きレモ」は十年ほど前のフランス映画で、主人公のレモを演じるのは、フランスの名優、ジャン・ピエール・パルチンだった。

主人公のレモは記憶をなくしている。そして、ある男を追っている。その男が自分の無くなった記憶の秘密を知っているのだが、レモの追っている男は実はレモ自身だった。彼はヨーロッパを彷徨い、タンジェに行き着き、安宿で悶々とした日々を過ごし、娼婦と知り合う。彼女に強烈な幻覚剤を盛られ、混濁した意識の中で追っていた人物が自分だとわかる。そしてジブラルタル海峡を望めるカフェで、レモは持っていた拳銃をコメカミに持っていくのだった。

最後のシーンには、真っ青な空が映し出され、船の汽笛が大きく鳴り響き、雲が形を変えていく。レモは自殺をしたのか？ それとも、その空を見て死ぬのを思いとどまったのか、それは、この映画の謎である。

亀岡は、カサブランカにいても仕方がないので、「骨抜きレモ」の舞台であるタンジェの街を訪れてみることにした。

翌日、カサブランカ発、タンジェ行きの電車に乗り込んだ。コンパートメントに入ると、頭に派手な布を巻いた陽気そうな西洋人の姉ちゃんが一人、分厚いペーパーバックの本を読んでいた。

棚の上には薄汚れた大きなリュックがのっている。

亀岡が対面した座席に腰をおろすと、彼女は読んでいた本を膝に置いて、「ハーイ」と挨拶してきた。亀岡も「ハーイ」と答えた。

膝に置かれた本は、A wild sheep chase Haruki Murakami とあった。

彼女は英語で話しかけてきた。亀岡が日本人だとわかると、自分は空手を習っているのだと話した。亀岡はHaruki Murakamiを読んだことがなかったので、その話をされたらどうしようかと思っていたが、話題は出なかった。

彼女はスペイン人で、モロッコを一人で旅しているらしい。年齢は二十代半ばで、真っ黒の髪の毛に大きな瞳が印象的で、屈託のない雰囲気が可愛らしかった。

コンパートメントには他に乗客はなく、電車は動き出した。

彼女は、突然立ち上がり、空手の型を披露し始め、ふざけて亀岡に蹴りや突きをしてきた。

最初はこのノリにどうついていったらいいのかまごついていたが、そこは役者である。亀岡はブルース・リーのように奇声を発し、彼女に立ち向かっていった。そして、わざと蹴られて、コンパートメントの中を吹っ飛び、床に転がってみせた。

そういえば「骨抜きレモ」でも、このようにコンパートメントで戦うシーンがあった。

「てんめえ〜」

亀岡はものすごい形相で立ち上がり、再び立ち向かっていった。

亀岡の変容に今度は彼女が驚いて、回し蹴りを繰り出してきた。亀岡はまたしても床に転がり、今度は身体を痙攣させ、舌を出して白目を剝いた。

彼女は亀岡の熱演に大笑いして、手を差し出して亀岡を起こし、抱きついて、頬にキスまでしてくれた。

次に彼女はスペインの歌を教えてあげると、ノートにローマ字で歌詞を書いてきたので、亀岡は歌を唄わされる羽目になった。なんだか幼稚園の子供のような気がしてきたが、彼女が懇切丁寧に教えてくれるので、途中でやめることはできず、書いてくれたローマ字をカタカナに書き換えて歌ってみることにした。

アエイオウ　ボルキトコモトゥ　トゥットゥル〜
クゥエノ　サベ　ニラ　ウ　トゥットゥル〜
ボルキトコモトゥ　トゥットゥル〜
クゥエノ　サベ　ニラ　ウ　トゥットゥル〜
クエ　クエ　クエ　クエ　クエ

歌の内容はまったくわからなかったが、童謡のような明るい調子の歌で、大声で唄っているうちにだんだん楽しくなってきた。

しばらくすると電車はどこかの駅で停まり、コンパートメントにモロッコ人の男が入ってきた。亀岡が唄うのをやめると、彼は、どうぞどうぞ、というゼスチャーをした。亀岡は再び唄い始めた。

タンジェの駅に降り立つと、亀岡は彼女のタクシーに便乗して、ホテルも多いというフェリー乗り場まで一緒に行った。

彼女はモロッコを旅してまわり、一ヶ月ぶりにスペインに戻るらしい。

フェリーを待つ間、二人で海沿いのカフェに入った。彼女は亀岡のことを普通の旅行者だと思っている。どうせなら亀岡はこのまま一緒にスペインに渡ってしまいたかった。

「今度、君に会いに行く。スペインに行きたい」

身振り手振りに、つたない英語で伝えると、彼女はニッコリ微笑み、住所を紙切れに書いて渡してくれた。住所にはバルセロナと書いてある。

二人で飲むミントティーは、モロッコで飲んだミントティーで一番美味しかった。

彼女はバルセロナで子供たちに英語を教えているらしい。

時間は刻々と過ぎていく。二人の会話がなくなっていく。間を持たせようとして、亀岡はさっき彼女に教わった歌を唄った。海の方でカモメの鳴き声が響いている。

フェリーの乗船が始まり、亀岡と彼女は抱き合った。そして彼女がふざけて回し蹴りをしてきたので、亀岡は、また吹っ飛んで転がってみせた。

彼女は転がる亀岡に手を差し出して立ち上らせ、頬にキスをした。亀岡はもう一度吹っ飛ぼうかと思った。

別れはあっけない。彼女は大きく手を振りながら、フェリーに乗り込んでいった。デッキに出てくるかと思い、亀岡は犬のようにフェリーを眺めていたが、三十分経っても彼女は現れなかった。

「骨抜きレモ」では、レモがヨーロッパ大陸からモロッコに渡るとき、女と別れる際にこう言った。

「おれにはやらなくちゃならねえことがあるんだ。それが今なのかわからねえが、今のような気がする」

このセリフが頭に浮んで、亀岡は宿を探さなくてはならないことを思い出した。

背中で船の汽笛が大きく響いた。

レモはタンジェの港に着いてカスバの方を覗くカットで、こうつぶやく。

「けったいな街だぜ」

亀岡も同じことをつぶやいてみた。背後から、歯の抜けた薄汚い親父がまとわりついてきた。

「スモーク？　まやく？　スモーク？　キフ、キフ？」

亀岡は首を横に振って歩き出す。そしてあっちにいけと、手で追い払った。

亀岡はレモになっていた。

「おれは、なにを探していたのか、それは、たぶん自分だった」

映画の宣伝コピーが頭をよぎる。

すれ違うモロッコ人の男たちの真っ黒な口髭は、宙に浮いているようだった。

波の音が聞こえる。上空にカモメの飛ぶ砂浜では、白人の老夫婦が海を眺めている。

再びフェリーの汽笛が大きく鳴った。

海沿いの道をしばらく歩くと「HOTEL」の文字が見えてきた。宿はどこでも良かった。

「Hotel Marco Polo」というのが目に入った。そんなに大きくはない。ありきたりの安宿。しかし不潔な感じはしない。

「ホテルマルコポーロ。気に入ったぜ」

フロントには無愛想な男が一人いた。

「ワン、ナイト」

人差し指を立てて、男に言ったのだが、やけに声がうわずってしまった。

「パスポート」男が言う。

男は亀岡が日本人だとわかると「ジャポン」と微笑み、鍵を渡してくれた。部屋は、大きなベッドがあるだけの素っ気ないものだった。

亀岡は荷物をベッドに投げた。さてこれからどうするか。まずは「骨抜きレモ」が歩いたカスバに行ってみることにした。

レモはカスバで道に迷いながら自問自答をする。

「おれは、果たしておれなのか？　おれが、おれの中に溶けていく」

それからレモはカスバを抜けて、高台からジブラルタル海峡の青い海を眺め、

「海が青すぎる、空が青すぎる。おれは青色に、こんがらがっちまっている」

とつぶやく。

レモの顔に強い風が当たり、彼は目を細めながら、煙草をくわえ、マッチを擦って火をつける。ここで指のアップ、マッチを半分に折って放り投げる。その先に海と空が広がる。

亀岡はフロントで地図をもらい「カスバカスバ」と言うと、男はカスバを赤いペンで丸く囲ってくれた。

ホテルを出て、海沿いの売店で煙草とマッチを購入した。後から考えるとぼったくられていたようだ。日本円で二千円くらい払っていた。

カスバに向かって階段を上っていく。街は入り組んでいて、路地には人間の汗や食い物のニオイが交じり合っていた。

そういえばこの場所は映画「シェルタリング・スカイ」でも出てきたことを思い出した。

しかし亀岡の中では「シェルタリング・スカイ」ではなく、あくまで「骨抜きレモ」だった。

尾行されているのか、背後には、さっきの歯抜けの売人がまとわりついていた。

「キフキフ、ハシーシ」

亀岡は無視して歩き続けた。

プチソッコという広場に出ると、カフェで地元のおっさん達がミントティーを飲んでいた。全員が自分を見ているように感じる。彼等の髭だけ、そこに浮かんでいるようだ。

そうだ、レモはこの広場で、犬の糞を踏んでこう言うのだった。

「くだらねえ。最低に糞だぜ」

細い路地に入ると道が複雑になり、まさしく迷路になった。しばらく進むと人影もなくなり、地図を見てもどこにいるのかわからなくなってきた。

するると突然子供の集団が飛び出してきて亀岡にまとわりついてきた。

「カスバ、カスバ?」と彼らは言っている。

「カスバ」

亀岡が答えると、子供たちは亀岡の手を有無を言わせず強引に引っぱってきた。

気づくとカスバの広場に出ていた。

子供たちは案内をしたのだからガイド料を払えと言ってくる。あまりにもしつこいので金を渡すと、まだついて来る。

「一人にしてくれ」

亀岡が手で追い払うと、また金をせびってくる。仕方がないのでまた金を渡した。このようにして日本人旅行者は馬鹿にされていくのだった。原因は自分だった。少し嫌な気分になったが、気持ちを取り直し「骨抜きレモ」のシーンを思い出す。

広場の先には白い壁をぶち抜いた場所があり、そこを抜けると海が見えた。

まさしくそこは「骨抜きレモ」が撮影された場所だった。

青い空、青い海、そして強い風。亀岡の天然パーマの頭頂部の薄くなった髪の毛に風が吹き荒む。

「頭が、荒涼としてきたぜ」

亀岡は煙草を手に取り、マッチで火をつけようとしたが、なかなかつかない。あげく、マッチを箱ごと絶壁に落としてしまった。

映画の中のレモもそうだったが、亀岡自身も、いったい自分がここまでなにしに来たのか、よくわからなくなっていた。

煙草を吸いたかった。レモになりきり、格好をつけたかった。煙草を吸わないと腑に落ちない。しかし火がない。

あたりを見ると、ジュラバという民族衣装を着てパイプを吸っている爺さんがいた。彼は遠い目で海を眺めていた。

亀岡は爺さんに、煙草をくわえ、先端を指して、火をくださいとゼスチャーをした。

爺さんは、マッチを出して、手で風をよけ、器用に火をつけてくれた。

「シュクラン」と言うと、爺さんはゆっくり頷き、また遠い目で海を眺め始めた。

亀岡も座りこんだ。

レモは、やはり同じようなジュラバを着たモロッコ人の爺さんにこう言われる。

「真実なんてものはない。そこにおまえがいるが、それすらも真実ではない」

レモはポケットに拳銃があるのを確認する。

亀岡はポケットに手を突っ込んだ。そこにはスペイン人の彼女が書いてくれた住所の紙があった。

手にとって眺めながら、バルセロナに行って彼女に再会することを妄想した。それまでにはHaruki Murakamiの本を読んでおこうと思った。

突然強い風が吹いてきて、住所の書いてある紙は指から離れ、ジブラルタル海峡の方へ飛んでいってしまった。

転落山菜

山梨

春になって亀岡は、映画の撮影で一ヶ月間、山奥の旅館に滞在していた。旅館の裏手には二〇〇〇メートル級の山の登山口があって、撮影は周辺の山や森、渓流などで行われていた。

滞在していた旅館は秘湯の温泉宿で、露天風呂もあり、料理も美味しかった。特に名物といえば、温泉の湧き出る近くに湯気の立っている砂場があり、そこに、鳥肉、じゃがいも、にんじんなどを突っ込んで埋め、地熱で蒸し焼きにする料理が絶品だった。

撮影後は毎日温泉に入れるし、美味いものを食べられるのだが、町まで下りていくには車で一時間以上もかかり、スタッフも出演者も男ばかりだった。

このような環境なので、二週間くらい経つと現場は殺伐としてきていた。

ちょっとしたことで怒り出す奴、なにも喋らなくなってしまう奴、テンションだけはやたら高いが常に空回りをしている奴、常に小言や文句をたれている奴、みんな自我が剝き出しになってきていた。

先日は、主演俳優と監督が喧嘩をした。監督は二〇メートルほどの高さの木と木の間を、命綱なしでムササビみたいに飛んでくれと役者に注文をした。

「スタントマンじゃないんですから、そんなことはできませんよ、約束が違うじゃないですか、このシーンはスタントマンを使うって言ってたじゃないですか」

主演俳優は監督に食ってかかった。

「いや、そんなこと言ってない」

本来ならば、スタントマンを雇うはずであったが、どうも資金繰りなどの問題があったらしい。

「言いましたよ。ここはスタントマンを使うって」

「だったら、お前がスタントマンになれ」

「おれ、スタントマンにはなりたくないです」

「オメエなんか、俳優やめて、スタントマンになれ！」と監督は怒鳴った。

「だったらスタントマンを雇ってくださいよ」

「うるせえ。お前はスタントマンだ」

「スタントマンじゃねえって」

「なら今からスタントマンになれ」

「スタントマンになりたくなんかねえよ」

こんな感じで最後は殴り合いにまで発展しそうになり、撮影は中断してしまった。

長い話し合いの結果、そのシーンは次の日に、若いセカンド助監督が、昔体操部だったという理由でスタントを行なうことになった。

しかし翌日になると、二〇メートルの高さはやはり危険なので、もう少し低くしてくれないかとセカンド助監督が言い出し、監督は怒り出した。

「テメエが高さを怖がる筋合いはねえんだよ」

「スタントマンじゃないですから、ボク」

「体操部だろ！」

「体操とスタント違いますもん。せめて五メートルくらいの高さでお願いします」

「駄目だよ。五メートルじゃ低いんだよ！」

「じゃあ、七メートルで」

「バカヤロウ、半分以上も低いじゃねえかよ、おれは二〇メートルでしかやらねえ。

もしくは、ぎりぎり甘くして、一八メートルだコラ！」

「なら、マイナス一〇で、八メートルでいきましょう」

「駄目だよ。八なんて数字は、末広がりで、おれの性分には合わねえぞ」

このような言い合いが一時間続き、結局一〇メートルのところで話がまとまった。

しかしセカンド助監督は次の日、「監督には、もうついていけません」と置き手紙を残し、姿を消してしまった。

この監督はどのような状況であっても、強行突破を試みることで有名な、大林旭監督だった。かつてはスタッフが撮影場所として提供してくれた家で「このシーンは家が燃えてる方がいい」と放火をして全焼させてしまったり、走っているダンプカーに本物の散弾銃を撃ち込んで横転させたり、国会議事堂にダイナマイトを投げ込もうとして止められたこともある。

警察にも何度も捕まっていて、やることなすことメチャクチャであったが、出来上がった作品はいつだってエキセントリックでべらぼうに面白く、海外でもカルト的に人気がある。

今回の映画「山伏サンダーキラー」は、主人公の山伏が山の中を歩き回り、三百年山に住んでいる狸のタヌキ師匠と出合い、修行を重ね、様々な妖術を教えてもらうといったものだった。

山の中には、盗賊や悪党、妖怪がいて、みんなはタヌキ師匠のヘソのゴマを狙っている。そのヘソのゴマを十日間煮込んで飲むと、雷を自由に操れるというのだ。

ある日、タヌキ師匠はイノシシ一族の放った矢に当たって倒れてしまう。山伏は師匠を背負って、切株ハウスに連れていくのだが、タヌキ師匠は、「おれはもう死にますよ」と言って、自分のヘソからヘソのゴマをとり出して丸めて息絶える。山伏は洞窟に籠り、タヌキ師匠のヘソのゴマを煮込み続ける。

十日後、山伏はヘソのゴマを飲み、サンダーキラーとして雷を操れるようになり、イノシシ一族へ復讐しに行くのだった。

亀岡の役はイノシシ一族の一員だった。常にイノシシの毛皮を被り、巨大なイノシシと生活しながら山の中を暴れ回っているのだが、最終的には、裏切ってもいないのに、裏切ったと勘違いされ、仲間にリンチされたあげく、巨大イノシシに捧げられ食べられてしまう。

巨大イノシシは当初、機械仕掛けの大きなヌイグルミをリモコンで操作していたが、山の湿気などで機械が壊れてしまい、今はチーフ助監督が中に入って操っている。

ここが大林監督の凄いところだった。壊れたものを直して時間や金をロスするのであれば、どんな抜け道でも探って、突き進む撮影スタイルで、最終的な出来上がりや、シーンの繋がりなんてものは、まったく関係ない。

「止まってられっか馬鹿野郎」が監督の口癖だった。

大林監督であれば、途中で主役が死んだとしても、撮影を続けるであろう。

それにしても今回は、山奥での過酷な撮影なので、監督のメチャクチャさ加減以外にも、細かいことで喧嘩の火種がいたるところにあった。照明さんが風呂に入らず臭いとか、便所が無いので助監督が森の中で糞をして、それを俳優が踏んでしまったとか、カメラマンの煙草を誰かが吸ってしまったとか、すでに現場は、ギリギリの状態であった。

亀岡は彼等のようにストレスを溜めている人に比べると、いたって冷静であった。現場というのは、常に理不尽なところであるという考えのもと仕事をしているから で、今回がいくらハチャメチャな現場であるとはいえ、過去にも同じようなことは何度も経験してきていた。

そこで亀岡は自分だけが撮影が休みの日、山の中に入り、山菜を採ってきて、みんなに振る舞うことにした。このような状況であると、ちょっとしたイベントでも、クサクサしたみんなの心が和むことがある。

　以前離島での撮影があったとき、今回のようにスタッフや役者がストレスを溜め込んでいた。そのとき若い役者が山の中でキノコを大量に採ってきて、鍋パーティーをやり現場が団結したことがあった。しかし、そのキノコ鍋には、普通のキノコに混じって、幻覚作用のあるベニテングダケが入っていたので、あたかも古代宗教の儀式のようになり、団結が深まったというのが事実でもあった。

　亀岡はキノコ採取はやったことはなかったが、オートバイでツーリングをしながら山の中でキャンプをしていた頃、山菜採りに熱中していたことがある。

　山菜を採りに向かう朝、宿のロビーで、カメラマンのクレさんが煙草を吸っていた。

「おーおー、亀岡ちゃん、山菜採りでしょ」

「そうですね」

「今の時期だとなにが採れるの？」

「タラの芽ですね」

「いいねえ、じゃあ戻ってきたら天ぷらだね」

「はい、天ぷら大量にふるまいますんで」

「よろしくね。おーい！　亀岡ちゃん山菜採りに出発するよ！」

クレさんが言うと、他のスタッフも、ぞろぞろ集まってきた。

「行ってらっしゃい」

「たくさん採ってきてよ」

「楽しみにしてるからね」

「気をつけて」

みんなは、亀岡になにかを託している。この期待に応えなくてはと気合いを入れ、リュックを背負って、水筒を持ち、宿のおばちゃんに作ってもらったオニギリを持って出発した。

宿の裏手にある登山道に入り、一時間くらい歩くと沢に出る。その沢沿いをしばらく行ったところに、天狗岩というのがある。岩の先っぽが天狗の鼻みたいになって山の斜面を指しているらしい。そこを上っていくと山菜があるらしいのだ。

本来、山菜を採る人は、他人に場所を教えたがらないのだが、おばちゃんは、場所を教えたことは宿の旦那には内緒にしておいてくださいと言って教えてくれた。

登山道は所々に雪が残っていた。登山者の姿はまったく見かけない。一人、木々の間を歩いていると、鳥のさえずりが聞こえ、心が洗われた。

向こうの方から水のせせらぎが聞こえてきて、沢が現れた。

しばらく沢沿いを歩くと、おばちゃんの言っていた目印の天狗岩が見えた。斜面には雪がかなり残っている。

亀岡は天狗岩に座り、せせらぎの音を聞きながら、おばちゃんに握ってもらったオニギリを食べ、お茶を飲んで一休みした。

今回のように男ばかりの現場は殺伐とはしているが、華やかな女優さんや芸能人がいる現場のように変な気遣いは必要ではないし、わけのわからない取巻きやマネージャーがいないので、逆に気持ちは楽でもある。

しばらく流れる水を眺めていると、亀岡の近くに山鳩が二羽飛んできて交尾を始めた。こんな山の中で交尾なんて、羨ましいもんだと思った。せっかく自然を堪能していた亀岡は現実に引き戻され、独り身の淋しさがつのってきた。

ああ恋をしたい。

そう思うと、無性に都会が懐かしくなってきた。そして近所のスナック「キャロット」のことを思い出した。

亀岡が最近気になっている女性は、そのスナックで二ヶ月前から働きだしたヨシミちゃんという、二人の子持ちの女性だった。

ヨシミちゃんは旦那と別れ、平日の昼間は介護の仕事をして、週に二回スナックでアルバイトをしている。年齢は三十二歳だった。

「ヨシミちゃん元気かなぁ」

今から登ろうとしている斜面を眺めながら、亀岡はつぶやいた。

「早く撮影終わらないかな、東京に戻りてえな、キャロット行きてえなあ」

オニギリを食べ終わり、気を取り直して「さあ、山菜だ」と気合いを入れ、亀岡は斜面を登り始めた。

調子よく、ひょいひょいと、木の枝につかまったり、地面に手をついたり、石を摑んだりして、登っていった。しかし斜面は思っていたよりも急勾配に感じた。しばらくして振りかえると、下の方の沢は小さく見えた。先を見上げると斜面がゆるやかになっていて、そこにタラの芽がありそうだ。

亀岡は足どりを早めて登っていった。すると突然、靴の裏がなにかを踏んでズルッと滑った。

「イノシシの糞だ！」

そう思った瞬間、亀岡は斜面を転げ落ちていった。

転がっている間は意識からなにもかもが吹き飛んでいくようだった。

世界、イノシシ、映画、女性、家族、食べ物、山菜、己にまとわりついたなにもかもが吹き飛んでいった。

下まで転げ落ちると足に激痛が走っていた。転がっている最中に木の幹に足を引っ掛けてグキッと嫌な音がしたのだった。

仰向けに倒れた亀岡に雲一つない青空が目に入った。二羽の山鳩が飛んでいる。

気は失っていない。意識もしっかりしている。しかし足が痛い。

恐る恐る立ち上がってみる。嫌な予感はしていたが、一歩足を踏み出すと、右足には激痛が走り、バランスを失って転びそうになった。

まともに歩くことができない。

痛みに耐えながら足を踏み出し、とにかく天狗岩まで歩いた。右足のくるぶしに激痛が走るのだが、石がごろごろしていて安定が悪く、なかなか前に進めない。二足歩行が困難な状態なのである。

亀岡は四つん這いになった。膝をついて、手をついて、虫のように這って進んでいく。この方が歩くよりも早かった。

なんとか沢までやってきて、靴を脱ぎ、靴下を脱いで、足を水の中に浸した。春先の小川は雪解け水で脳天まで冷たさが走り、一瞬頭の中が真っ白になった。浸した足は、痺れて感覚が無くなってきている。もう一度靴下を履き、靴を履く、それだけでも痛みが走る。立ち上がると激痛。足を一歩踏み出すと、激痛。

前には進めない。とにかく暗くなる前に宿に戻らなくては、確実に遭難してしまうだろう。とんでもない恐怖が襲ってくる。

ここは、もう、四つん這いになって進んだ方が良いかもしれないと亀岡は思った。ゴツゴツした石の上に手をつき、膝をつき、進んでいった。まるで怪我を負った野生動物のようで、イノシシが突進してきて襲われたら最後だと心配になった。

膝頭が石に当たって痛い。手のひらに石や砂利が擦れていく。

しかし、とにかく進まなくてはならない。まるで五体投地である。

ここから十五分ほど行けば登山道に出るのだが、この四つん這いが永遠に続くような気がした。

来るときは十五分くらいであったが、登山道に出るには、結局二時間もかかった。

亀岡はひとまず休むことにした。いや休むというよりも、限界がきて倒れ込んでしまった。仰向けに倒れた視線の先には、青空を遮る木が鬱蒼と茂っている。足が膨らんでいる。膝や肘がズタボロになっていて、血も流れている。

三十分ほど休んで、亀岡は立ち上がった。ここから地面は土なので、四つん這いにならなくても痛みを我慢すれば、なんとか二足歩行で進むことができるだろう。

亀岡は折れた枝を見つけ、杖にして歩き始めた。しかし帰りは下りなので、急勾配のところは足を踏ん張らなくてはならず、座って尻を引きずりながら前に進んだ。おかげでズボンの尻の部分は泥で真っ黒になった。

行きは二時間の道程であったが、結局四時間もかけて宿に戻ってくると陽はもう暮れ始めていた。

撮影隊は宿に戻ってきていて、駐車場で明日の撮影の準備をしていた。スタッフの一人が亀岡に気づき、「亀岡さん戻りましたぁー」と大声で言った。

しかしズタボロになっている亀岡の姿を見て、スタッフ達は言葉を失った。足を引きずり、顔も手も泥だらけで、血も流れている。

「どうも、すんません」

亀岡は深々と頭を下げ、スタッフの手を借りて、ロビーで手当をしてもらった。

問題になったのは、次の日からの撮影のことだった。亀岡の役はイノシシ一族、山賊の一味であるから、山の中を走り回るシーンがたくさんあり、撮影もまだまだ残っているが、この状態で亀岡にそんな演技はまったくできそうにない。

強行突破の大林監督であるが、亀岡の膨らんだ足を見て、これは無理だと判断した。

「亀岡ちゃん。まいっちゃうな」

「すんませんです」

「どうせなら撮影中に怪我してよ。リアルなシーン撮れたのにさ」

しかし監督は、ここで代役を立てたりはしないのだった。そこは一筋縄ではいかない。

本来の予定では亀岡のメインとなるシーンの撮影は四日後であったが、急遽翌日に撮ることになり、亀岡には東京に戻ってもらうことになった。

「まあ、一日だけ、痛み耐えてくれよ」と監督は言った。

「はい。大丈夫です」

そのシーンは、仲間を裏切ったと勘違いされた手下D（亀岡）がイノシシの生け贄になるシーンだった。

脚本上では映画の後半にあるのだが、監督はその晩に脚本を書き換え、亀岡は早めに生け贄にされることになった。

亀岡は恐縮しまくっていたが、このようなトラブルは逆に撮影隊の団結力を高め、スタッフ達も「気にしなくていい」と言ってくれた。

翌日、亀岡はイノシシの毛皮の衣装に着替えて、道の悪い山道をサード助監督におぶってもらい、撮影現場まで向かった。

本来このシーンは、イノシシ一族と亀岡の立回りもあったのだが、既に暴行を受けた後という設定になっていて、亀岡は地面に座り、イノシシ一族に取り囲まれていた。

「山伏サンダーキラー」　シーン64　山奥のイノシシ一族の拠点
洞窟の前で、イノシシ一族の手下D（亀岡）が、一族に取り囲まれている。
手下Dの前には、ほら貝が転がっている。

イノシシ一族A「おめえが、やったんべ、おめえがうらぎったんべぇ」
イノシシ一族B「ああ、こいつが、あの山伏に、おいら達の、あの、ネグラを教えたんべ、それで、報酬に、このほら貝をもらったんだべ」
イノシシ一族D「ちげえちげえ、この、ほら貝は、本当に拾たんべ、山道に落ちていたんべよ！」
イノシシ一族C「んなら、なんで、あの山伏が、ここの場所を知っていたんべ、確かに、あの斜面から、あの山伏は、こっちを、覗いてたんぞ！」
洞窟の前で腕を組んで立っていたイノシシ一族の大将がゆっくり歩いてくる。手下達は左右一列に並び、大将の歩く道を作る。
イノシシ一族の大将「テメエだな、ほら貝を喜んで吹きまくっていたのは」
イノシシ一族D「おれはなんにも、しらねえよ、ほんとだべ、それに、ほら貝を吹くのは難しいべ、だからおれは、まだ吹けねえよ」

取り押さえられた亀岡は洞窟の入り口に吊るされる。最初は両足で逆さ吊りにされるはずであったが、右足は無理なので左足だけ縄で縛られて逆さ吊りにされた。片足だけの方が余計に残虐性が増して良い感じになったと監督は喜んだ。

そして洞窟の前でイノシシ一族が祈りを捧げると、巨大イノシシが出てきて、亀岡が食われるシーンになる。巨大イノシシは、リモコンが壊れているためチーフ助監督が人力で動かす。

しかし、このイノシシの動きが、なかなか決まらず、亀岡は、すでに十五分くらい逆さ吊りの状態にされていた。

三分置きにサード助監督がやってきて、「もう少しです。すみません」と謝ってきたが亀岡は頭に血が上り、朦朧としていた。

三十分後、ようやく撮影が再開された。

「山伏サンダーキラー」シーン65

洞窟の前でイノシシ一族の祈りの太鼓がリズムを刻み、唸り声のようなお祈りが始まる。

生け贄にされ、洞窟の前に逆さ吊りにされている手下D（亀岡）は「やめてくれ！　たすけてくれ！」と叫んでいる。逆さ吊りのロープがゆれて、身体がぶるんぶるん回転している。

お祈りが最高潮に達すると巨大イノシシが洞窟から飛び出してきて、逆さ吊りにされた手下Dの頭にかぶりつく。

手動で操作するチーフ助監督は加減がわからず、洞窟からぎこちなく飛び出してきた巨大イノシシは、ものすごい勢いで亀岡の顔を口の中に挟み込んだ。顔面がつぶれ、牙が頬にめり込んで、亀岡は悲鳴をあげた。本当に痛かった。

「はい、カーット！　ＯＫ！」

逆さ吊りの亀岡の顔面はイノシシの口に挟まれたままである。

「亀岡ちゃんの今の悲鳴よかったよ」と監督が叫びながら亀岡のもとにやって来た。

「ヒーッツ、ヒーッ、ちょ、助けてください！」

亀岡の悲鳴はまだ続いている。

事態に気づいた監督は、

「おい、早く、亀岡ちゃん、助けてやれ！」とチーフ助監督に言った。

チーフ助監督はイノシシをそのままにして、すでに他の作業に移っていた。

イノシシの口の中から解放され、逆さ吊りから降ろされた亀岡は、サード助監督におんぶをされて宿に戻った。

台本や予定を変更したので、亀岡の出番はこれですべて終わりになった。

撮影隊が戻ってくると亀岡はみんなに謝った。監督やスタッフ、共演者は「気にするな、気にするな」と言ってくれた。

宿の倉庫に宿主が以前骨折したときに使っていた松葉杖があったので、それを借りることができ、亀岡はスタッフの一人が運転してくれる車に乗り、山を下り、駅に向かった。

しかし電車に乗って東京へ向かっていると、さきほどまでの申し訳ない気持ちは徐々に消え、久しぶりに東京に戻れることが嬉しくなってきて、調子に乗って車内販売で缶ビールを二本飲み、居眠りをしている間に電車は東京に着いた。

東京駅からは新宿まで出て私鉄に乗り換えなければならないのだが、松葉杖で歩くのはとんでもなく難儀だった。ここは階段だらけで、エレベーターもあるにはあるが、そこに行くまでには面倒な作りになっていて、乗り換えのため駅構内の人混みの中を松葉杖でのろのろと歩いていると、この場に取り残されていくような気分になってきた。

新宿に着いてからも、松葉杖を脇に階段を下らなければならなかった。自動改札を抜ける際も、松葉杖が引っかかって抜けづらい。

やっとのことで私鉄に乗り換えることができたが、ここまで来るのに普段の五倍くらい時間がかかってしまった。

扉に寄りかかると、額に汗が噴き出してきた。

電車はしばらく地下を走り、地上に出た車窓にごちゃごちゃした街が現れた。ビルの向こうに高速道路が見え、街のあかりは、排気ガスや淀んだ空気でボヤけて見える。

昨日までは山の中で、自身がシンプルになっている気がしていたが、このごちゃごちゃした東京の街並を眺めていると、やはり自分は俗物なのだと思える。

新宿から四十分くらいで亀岡の住んでいる駅に着いた。ここは各駅停車しか停まらない小さな駅で、改札がひとつしかないので、階段を下り地下道を歩いて、また階段をのぼらないと外に出られず、亀岡はまた汗まみれになった。

普段の何倍も時間をかけ、都下のしみったれた街に戻ってきた亀岡はヘトヘトになっていたが、久しぶりに戻ってきて、このまま家に帰ってしまうのはどうにも淋しく、気づくと駅の裏にあるスナック「キャロット」に足は向かっていた。

店に入るとそこには馴染みの顔があり、ペラさんが歌を唄っていた。彼はGSバンドでベースを弾きコーラスをやっていたので、歌がとんでもなく上手い。手拍子をしているよっちゃんは品川の食肉工場で夜間の警備をしている。店にくるのは夜勤明けで、一日置きにやってくるのだが、いつも眠たそうにしている。カウンターの奥で飲んでいる健太は地元の墓石屋の倅で、愛想はいいが飲んだくれだ。すでにベロベロに酔っ払っているポンちゃんは生活保護を受けている。前歯がなくて、なにを喋っているのかよくわからず、カラオケを唄うと宇宙人が唄っているような感じになる。

ママのみゆきさんは六十代の元気な人で、ひっきりなしに煙草を吸いながら、

「身体はどーこも悪くないのよ」というのが口癖だった。

アルバイトの女の子が二人いて、ミンちゃんという中国の大連出身の娘と、亀岡が最近お気に入りのヨシミちゃんがいる。ヨシミちゃんは昼間は介護の仕事をしているので、週に二回しかアルバイトをしていないのだが、今夜はその日だった。

松葉杖で亀岡が店に入っていくと、ママが、「あれま、どうしたのよ？　さらにみすぼらしくなっちゃって」と言った。

「怪我しちゃいまして」

「亀ちゃん、たしか、映画の撮影行ってたんだろ？」

ペラさんが言った。

「はい、そうです」

「大丈夫ですか？」

ヨシミちゃんが言った。久しぶりに会うヨシミちゃんはあいかわらず愛想がよくて可愛かった。

亀岡は松葉杖を立て掛けてカウンター席に座った。

「ひしゃしぶりしゃねえの」

ポンちゃんはなにを言っているのかわからない。よっちゃんは夜勤明けで眠いのか、カウンターに突っ伏して眠っている。健太は亀岡に微笑みかけ、マイクを持って、松山千春の歌を唄い始めた。

「山菜を採りに行ってね、山から転げ落ちたんですよ」

「大丈夫なの？」

「まあ、歩けますから」

ママが亀岡のキープしている焼酎のボトルをカウンターに置くと、ヨシミちゃんが水割りを作ってくれた。

「本当に、大丈夫ですか？」

亀岡は焼酎の水割りを飲んだ。濃かった。ヨシミちゃんが亀岡の顔を覗き込んで、

「この前、亀岡さんの出てるテレビ観ましたよ」と言った。

「いやあ。すんません」

「サスペンス・ドラマでしたよ。ＯＬさんの部屋に忍び込んで、下着をあさっていたら、フライパンで頭殴られてました」

するとと酔っぱらったポンちゃんが亀岡のことを指さし、

「ひゃーほれも、みたひょ」と言った。

「ポンちゃんも観たって」

隣に座っていたペラさんが通訳した。

「格好よかったですよ亀岡さん」

ヨシミちゃんにそう言われたが、下着泥棒の役である。気持ちは複雑だった。

ペラさんが「ロンリー・チャップリン」をカラオケで唄い始め、ヨシミちゃんがデュエットをした。ヨシミちゃんはあまり歌が上手ではなかったが、ペラさんのいい声に酔いしれ、うっとりした目をしていた。

「ひゃめほかしゃん、しゅぎは、なんのてれひに、へるにょ」

ポンちゃんが亀岡に話しかける。

「次は、なんのテレビ出るかって訊いてるよ」

ママがポンちゃんの言葉を訳した。

「次は、えーっと、またサスペンスものですね」

「ほんにゃ、ひゃくなにょ」

「どんな役なのかって訊いてるよ」

「銀行強盗ですね、すぐに捕まっちゃう役ですね」

「ほんにゃにょ、はっかたにぇ」

「そんなのばっかだね」

ママは煙草に火をつけて、煙を吐き出した。

「そうですね」

笑ったポンちゃんの顔はクシャクシャに小さくなって、消えてしまいそうだった。

亀岡はやはり疲れが溜まっていたのだろう、焼酎の水割りを三杯飲むと、眠気が襲ってきてしまったので、「ちょっと今日は帰ります」と言った。

すると、ヨシミちゃんが、

「え〜帰っちゃうんですか、なんか唄ってくださいよ」と言う。

「いや、今日は、あの、ちょっと、もう眠いのですけども」

「亀岡さん、なにも唄ってないじゃないですかぁ」

「なんか唄ってけよ。久しぶりなんだから」

ペラさんが言った。このスナックでは、カラオケを唄うことが挨拶代わりにもなっている。

「じゃあ、一曲だけ」

亀岡は五輪真弓の「少女」を唄い始めた。この歌は先月撮影をした「ボロ雑巾」という映画の主題歌だった。

唄い終わるとヨシミちゃんが亀岡の隣に座ってきたので、結局、夜中の二時まで酒を飲み唄い続けた。

酔っ払って店を出た亀岡は、松葉杖をつきながらヨレヨレになって家に戻った。「キャロット」から家までは五分の距離だったが、三十分くらいかかった。

久しぶりに自分の部屋に戻った。

暗い部屋、誰もいない、埃臭い部屋。孤独感が一気に襲ってきた。

松葉杖を抱きかかえながら、布団に入り、無意識に腰を振っていた。足はさらに膨らんでいった。

吐寫怪優
としゃ かいゆう

山形

亀岡が山形に行くのは二回目だった。

前回は「曼荼羅金魚経」という映画の撮影で四年前にやって来たのだが、そのときに滞在した山形の印象がとても良かったので、今回も楽しみにしていた。

そのときは夏場のロケで大変であったが、毎晩美味い酒や、美味い魚にありつき、宴会をして、地元の人達とも仲良くなり、亀岡はこのまま住んでも良いと思ったくらいだ。

映画「曼荼羅金魚経」の内容は、男と女の淡い恋の話だった。亀岡は農業をしている仁作という男を演じた。彼は祭りの帰り道、酔っ払って家に戻る途中、金魚すくいのテキ屋から貰った金魚を、あぜ道で転び田んぼの中に落としてしまう。

数日後、その金魚が美しい女性になって田んぼの真ん中に立っていた。田植えをしていた仁作はしばし目を疑ったが、彼女は「わたくし家もないですし、自分が何者なのかもよくわからず、どうしたらいいのかもわからないので、あなたのお仕事を手伝わせてください」と唐突に言う。はじめは怪訝に思った仁作であったが、「行くあてもない」と言うので、家に住まわせ仕事を手伝ってもらうことにした。彼女はたまに気を失ったように空を見上げ口をパクパク動かすので、そこは気になったが、毎日健気に仕事をしてくれ、仁作は次第に恋心を抱くようになる。

しかし秋になって稲刈りを終えると、彼女は消えてしまう。なにもなくなった田んぼには、ひからびた金魚が一匹横たわっている。その金魚の模様はいつも女性が着ていたシャツと同じ柄だった。仁作は金魚を家に持ち帰り、泣きながらその金魚を炭焼きにして食べるのだった。

映画の評価はあまり高くなかったし、ヒットもしなかったけれど、亀岡にとっては思い出深い映画であった。

その日、午前中に亀岡は東京を発って山形に向かった。今回の映画は庄内平野の鶴岡で撮影される。そこには映画村があるのだった。

庄内平野は前回の撮影で訪れた山形市とは大きな山を挟んで海側になるため、市内には向かわず、新潟に出て、特急電車に乗り換えた。

今回の映画は時代劇で、亀岡の役は泥棒だった。

これまでも亀岡は泥棒の役を数多く演じてきていた。数えると二十回を超えている。泥棒と強姦魔がセットになっているものもあって、泥棒、強姦、殺人、放火がセットになっているのもあった。

泥棒、強姦、殺人、放火がセットになっていたのは、「地獄の帳場」という映画で、とにかくどうしようもない奴ばかりが出てきて街を壊滅状態にしてしまう。亀岡は、その、どうしようもない奴の一人、への助という役で、最後はカラシ色の変なツナギを着ていることを、仲間達に馬鹿にされ、喧嘩になってリンチをされたあげく、石で殴られて死んでしまうのだった。

新幹線は新潟駅に着き、亀岡は乗り換え時間になにか食べようと駅構内をうろついたが結局決まらず、駅弁を買おうとしていたら、糞がしたくなってきた。便所に入ったものの、糞がつまってなかなか出てこなくて、ようやく出し切ると、すでに電車が来る時間になっていた。

亀岡は車内販売で食べ物を買おうとも思っていたが、いつの間にか眠ってしまい、目を覚ますと「次は鶴岡」という放送が流れていた。

鶴岡の駅を降りると、制作スタッフの間宮くんが駅前のロータリーに迎えにきてくれていた。ワゴン車に乗り込み、滞在する市内のビジネスホテルに向かった。空は雲一つない快晴で陽射しが強かった。

撮影はその日の夕方からの予定だったが、予定が延びてしまい、次の日の朝からの撮影に変更になったと間宮くんに伝えられた。「本当に、すみません」と謝られたが、亀岡は街をうろつけて好都合だと思った。

部屋に荷物を置いてからすぐにホテルを出た。とにかく腹が減っていたので街をうろつく前に腹を満たすことにした。

鶴岡の街からは鳥海山が見え、街の中心に川が流れ、のんびりしたところだった。どこか食堂でもないかとうろうろしていると、向こうの方から「亀岡さーん」と声がした。

こんな街で知り合いがいるはずないのだがと思い、目を細めてみると、手を振りながらやって来たのは役者仲間の宇野泰平くんだった。

宇野くんも亀岡と同じように、バイプレイヤーで、三十歳だが、様々な映画に出ている。亀岡は宇野くんと現場で一緒になったこともあるし、飲みに行ったこともあった。

「どうも、どうも」

と言いながら宇野くんは何度も頭を下げ、亀岡と同じように少し毛が薄くなっている頭頂部を覗かせた。

亀岡と宇野くんは無精髭で顔も背丈も雰囲気もよく似ているので、映画関係者の中には、実の兄弟なのではないかと思っている人もいるくらいだった。

「そうか。宇野くんも今回出演してるんだよね」

「はい町人の役ですね。亀岡さんは泥棒の役ですよね」

「いつだって泥棒ですよ」

「おれも最近、泥棒の役が多いんですよ実は」

それにしても、まさか同じように街をぶらぶらしている役者がいるとは思ってもいなかった。

「んで、今は、なにやってんの？」と亀岡は訊いた。

「今日一日空いちゃったんですよ。だからホテルで寝ていようかと思ったんですけど、一日中寝てるなんてできませんしね。あまりにも暇なんで散歩してたんです。亀岡さんは？」

「おれもさっきこっちに着いてさ、本当は夕方から撮影があるはずだったんだけど、撮影なくなっちゃって」

「そうなんですか」

「宇野くん、飯食った？」

「いや、まだです」

「なんか食いに行こうか」

「はい。行きましょう」

「どっかいいところないかな？　適当に飯食えるところ」

「さっき、商店街歩いてたら、食堂ありましたけど」

「じゃあ、そこでいいや、行こうよ」

二人は商店街の外れまで歩いた。宇野くんがボロいと言っていたので、なんとなく想像していたが、思った以上のボロさだった。

バラックの掘っ建て小屋は半分傾いていて、厨房が表の通りに半分出ている。腰の曲がった爺さんが一人で切り盛りしていて、店の中に入ると、何年も前の雑誌が山積みになって埃をかぶっている。床は油でベトベトして、靴の裏がへばりつく。

亀岡は悩んだあげくチャーハンを頼んだ。飯を炒めるだけだと考えれば、このような店ではチャーハンが一番無難な食べ物に思えた。宇野くんは親子丼を頼んだ。

しかしチャーハンはリゾットみたいにベチャベチャで、宇野くんが言うには、親子丼はミルクセーキを飯にぶっかけたみたいな味がするらしい。あまりにもまずくて、二人は食べきることができず残してしまった。

変なものを身体に流し込んで、胃袋に申し訳ない気分にもなった。二人は仕切り直しをしようと、商店街をうろうろして、寿司屋を見つけたが、ちょうど休憩の時間になったところで入れなかった。

仕方がないので散歩することにした。別に目的もないので、喋りながらあてもなくただ歩いた。

似たような顔をした大人二人が、昼間から地方の街を歩いている姿はあきらかに異様だった。ろくでなしの感じが漂っていた。

宇野くんは大阪の西成出身で両親はおらず、お婆さんに育てられた。そのお婆さんが子供の頃から街ですれ違うたびに、「おっええ男やなぁ、役者かと思ったで」と言うので、なんだか洗脳されるように、将来自分の目指す道は役者しかないと思ったのだと話す。

さらに彼は無類の映画好きで、暇さえあれば映画を観ている。亀岡は宇野くんと会うと、いつも映画の情報を得ていた。

「最近、面白いの観た?」

「最近はですね、『どんぐりまんちょ』っての観ましたね」

「どんぐりまんちょ?」

「はい。どんぐりを拾って、なんとか商品にならないかと画策する夫婦の話なんですがね」

「どこの映画?」

「韓国ですね」

「すごい題名だな。『どんぐりまんちょ』かあ」

「はい。邦題なのかと思ったら、韓国の題名も、ローマ字で、『DONGURIMANCHO』なんですよね」

「へえ」

「それで、どんぐり拾いすぎて、家がどんぐりだらけになって、最後は家がどんぐりの重みで耐えきれなくなって壊れて、家のまわりにどんぐりが散らばっていくって話なんですけどね」

「それで終わり?」

「終わりなんですね」

「面白いの」

「面白かったんですよ。でも、そんな話なのにどういうわけか切ないんです」

「他には?」

「他は『たなからぼた餅』って映画を観ましたね」

「日本映画?」

「日本映画です」

「知らないなぁ」

「小さな作品ですけどね。これがエロいんですよ。ぼた餅絡めながらセックスするシーンがあるんですけど、体中ぼた餅まみれになった男と女が、くんずほぐれつして、お互いの肌にくっついたぼた餅が伸びたり縮んだりしてですね。ああいうの、いいですよね」

「そうなんだ」

「おれもやってみたいって思いましてね」

「役で?」

「いや実生活で」

宇野くんは、映画の話をしているときは本当に楽しそうな、いい顔をする。

「それでね。おれ映画を観た帰り道に、興奮が冷めなくて、コンビニに寄って、ぼた餅探したんですよ。でもコンビニにぼた餅は売ってないから大福買って、くわえながらオナニーしましたね」

「良かったの？」

「はい。結構良かったんですね。柔らかいものをくわえてるっていう感覚があるからなんですかね。股間にも嚙み砕いた大福をペッぺって吹きかけてやったんですけど、こし餡より、つぶ餡の方がいいかと思いました。異物感っていうんですかねソレがあって」

宇野くんの映画話は止まらない。途中喫茶店に寄って、亀岡は話を聞き続けていたが、まったく飽きることがなかった。

再び街を歩いていたら、風呂屋があったのでひと風呂浴びていこうということになった。

映画の撮影で来ているのに、すっかり地方に遊びに来ている感じになっていて、明日が撮影であることはすでに忘れていた。

湯船に浸かりながらも宇野くんの映画話は続いていた。

「タニシサイボーグ」「春のミシン」「スーサイド・ノーサイド」「にんじん四本」「けん玉選手権」「ローラースケートジャンクション」「水にとける話」「寿司」「カントと豚」「クーポンあります」「辛口ペッパーサイド」「暫くサンキュー」「そのシートト下さい」「ピットブルの憂鬱」「セロニアス・モンク」「案山子を担いで四万歩」「きゅーりの会社」「ソーダの泡」「ポピー」「西の方から」「正確な人」「米つきバッタと僕」「剣道物語」「城の外は今日も」「蜜柑ください」「シクラメン」「エゾライオン」「トマトマントヒヒ」。

出てくるは出てくるは、邦画洋画も含め、これらがこの半年で観た宇野くんのベスト映画らしい。

脱衣所で缶ビールを飲み、風呂屋を出ると路地の角を曲がったところから焼鳥屋の煙が流れてきて、二人は煙に導かれるように店に入った。

明日は撮影で早いからと気にして、二人はウーロンハイをチビチビ飲んで焼鳥をつまんでいたが、亀岡が「やっぱ山形に来たんだし、せっかくだから」と言って、冷や酒を頼むと、宇野くんも「そうですよね。山形に来て日本酒飲まないのも、間抜けな話ですよね」と同じように頼み、最終的にはコップ四杯を飲んで店を出た。

酔って知らない街を歩くのは楽しいに決まっている。二人が次はどこに行こうかと、繁華街をうろついていると、呼び込みに声をかけられた。

「女の子のいる店どうですか？」

「いやあ、あら、どうしようかね？　宇野くん」

「そーっすよね。山形来て、女の子のいる店行かないってのも、間抜けな話ですからね」

「間抜けだよな」

亀岡と宇野くんは顔を合わせて頷いた。

呼び込みに連れて行かれたのは、飲み屋やスナックが入っている雑居ビルの五階で、エレベーターが開くとすぐ店だった。

くたびれた赤い絨毯に、埃をかぶったシャンデリア。鏡張りの壁で、地元のおっさんグループが奥のテーブル席で盛り上がり、カラオケを唄っていた。

ホステスの女の子は若い娘もいるが子をつけていいのだろうか、と思える年増も混じっている。

亀岡と宇野くんのテーブルには、若い娘二人に年増一人がついた。年増からは幸の薄そうな雰囲気が漂ってきていた。若い娘二人は、山形弁で屈託なく話しかけてくれるが、年増は黙って焼酎の水割りを作り続けていた。

亀岡も宇野くんも、黙ってばかりいる年増が気になり、いろいろ話しかけてみたが、「うん」「はい」と、最低限の言葉しか返してくれない。

しかし年増はカラオケがもの凄く上手だった。二人は彼女の唄うちあきなおみの「喝采」を聴いて、涙ぐんでしまった。

「シン子さんは、昔、歌手だったから」

若いホステスが言った。

「ええ。まったく売れませんで、地元に戻ってきたのです」

シン子さんはぼそぼそ喋りながら、水割りを作ってくれる。

亀岡と宇野くんはシン子さんの身の上を聞きたくて、色々質問を浴びせた。シン子さんは、どうして二人が自分に興味を持ってくるのかよくわからない様子ではあったが、少しずつ歩んできた人生を語り始めた。

亀岡も宇野くんも、シン子さんが話してくれる彼女の人生から、一本の映画を観ているような気分になっていた。

シン子さんは現在三十八歳で、十八歳の頃東京に出て歌手を目指した。子供の頃から地元では歌が上手くて有名だったので、東京に出ればすぐにデビューできるだろうと思っていたが、道のりは長かった。カラオケ・スナックでアルバイトをしなながらオーディションを受けまくっていたが、芳しい結果にはつながらなかった。二十八歳の頃、店に来た音楽関係者の社長という人にスカウトされて、ようやく歌手デビューをしたのだが、フタをあけてみれば、社長というのは名ばかりで、売れない演歌歌手を二人抱えている事務所だった。華々しい世界とはまったく無縁で、健康ランドやスナックなどの地方巡りばかりをして、その場でCDを売るのだった。社長とはワゴン車に乗って全国をまわる生活を七年続けたが、まったく売れることはなかった。七年目の冬、社長が運転中に心筋梗塞になり、車は民家に突っ込んで大破、社長は亡くなってしまった。助手席に乗っていたシン子さんは全治六ヶ月の怪我をして、リハビリも必要となり、地元に戻ってきた。そしてリハビリが終わりこの店で働き出したのだった。

二人は若いホステスなんてどうでもよくなっていて、シン子さんの話に聞き入って、最後に彼女の唄う「恍惚のブルース」にしびれ、ベロベロに酔って店を出ると、自分等のいる場所すらわからなくなっていた。

一時間近く歩いて、ようやくホテルに戻ってきたのだが、宇野くんは自分の部屋すらわからないと言い出し、亀岡の部屋のベッドで一緒になって眠った。

亀岡は眠る前に、目覚ましを朝六時にセットした。

眠りの中で「ピッピッピ」と電子音が響き、目を覚ました亀岡は、なんのために自分がここにいるのかすらよくわからないでいた。

目覚ましは鳴り続け、頭に響いてくる。隣では宇野くんがいびきをかいて眠っている。

「宇野くん、宇野くん」

亀岡は宇野くんをゆすった。

「あっ！」

宇野くんは亀岡を見ると目を見開いて驚いた。

「えっ。あれ？」

「もう集合時間だよ」

「おれなんでここにいるんですか？」

「部屋がわからないって」

「そうか。すんません。じゃあ、部屋戻ります」

「部屋わかる？」

「わかります３０４ですから」

亀岡は顔を洗って、ロビーに下りていった。完全に酒が残っている。マイクロバスに乗り、撮影所のある庄内映画村まで向かう。バスに揺られながら、亀岡は吐きそうになっていた。

撮影は亀岡が泥棒として捕らえられ、馬に引きずられるシーンだった。今日は無理だと亀岡は思ったが、そんなことは言えず、メイクをして衣装に着替えた。

今回は「粉ふき門司」という映画だった。

街には門司という浪人がいるのだが、昼間は街をぷらぷら散歩をして、毎晩のように酔っ払って柳の木の下で寝ていたので、町人からも馬鹿にされている始末であったが、ある日の明け方、いつものように酔っ払って柳の木の下で眠り、目を覚ますと、お屋敷の塀から飛び降りてきた泥棒と鉢合わせになる。門司はその泥棒を取っ捕まえる。馬鹿にされていた彼は、様々なところで歓迎され始めるようになるのだが、今までは人目も気にせず適当に生きていた門司であるから、英雄視されたり歓迎されるのは鬱陶しく、次第に街から離れて酒を飲むようになった。ある日、街外れの潰れかけたうどん屋に入る。そこのうどんが、うどんとは名ばかりで素麺《そうめん》みたいに細くてヘニャヘニャで、あまりにも不味《まず》く、どうしたものかと一人で店を切り盛りしていた娘に訊ねると、「父が亡くなり、良いうどんが打てなくなってしまったのです」と困っているので門司がうどんを打つのを手伝い始める。彼にはうどん打ちの才能があって、次第に店は繁盛していった。その後、門司は娘と結婚をして、うどん屋として身を立てるといった人情時代劇である。

「粉ふき門司」 シーン8

村の長い一本道に村人が集まっている。そこに馬が走り込んでくる。悲壮な顔をした泥棒の善次郎（亀岡）が、後ろ手に縛られて立っている。男数人で馬の後方から伸びた縄を善次郎にくくりつける。馬は大きくいないて走り出す。

亀岡が演じるのは、馬から伸びた縄にしばられるまでのシーンで、引きずられていくのはスタントマンがやるはずであったが、本番撮影の最中、亀岡に縄をくくりつけると馬が突然走り出してしまった。

亀岡は縄がピンっと張った瞬間、胃袋が圧迫されゲロを吐いてしまった。カメラはまわったまま亀岡は引きずられている。スタッフは大急ぎで走る馬を止めに入った。ようやく馬も落ち着き、亀岡も奇跡的に怪我はなかったが、撮影現場は一瞬騒然となっていた。

監督は、「もの凄いシーンが撮れた」と大喜びであった。彼は斬新なシーンやカット割をする異端児として有名で、人気もあった。

実際にそのシーンをモニターで見返してみると、もの凄かった。ピンっと縄が張った瞬間、亀岡が白目を剝いて吐瀉するところが、しっかりカメラに収められていた。

吐いたのは、二日酔いが原因だということを知らないスタッフや役者は、彼の迫真の演技にえらく感心した。

馬が走り出してしまった本当の原因は亀岡の酒臭さにあった。

その日の撮影はそれだけだった。部屋に戻り、ベッドに横になっていると、夕方に撮影の終わった宇野くんが亀岡の部屋にやって来た。宇野くんは「大丈夫ですか?」と心配もしてくれたが、先ほどの亀岡の演技に感動したことを延々と喋っていた。

「いやあ、もう、ああいうのは、リアルという度合いを超えちゃってましてね、あれこそ映画なんですよ」

宇野くんの興奮は止まらない。

「もちろん今の映画にはCGってのも必要だと思いますよ。でもね、つまるところあんなのは誤魔化しなんですよ。そういってしまうと映画なんて全部が誤魔化しなんですけれど、できるところまではギリギリまでやらなくちゃならないと思うんです。でも亀岡さんは、亀岡さん自身がすでにCGなんですね。亀岡さん、頭一つ飛び出てますもん。３Dでもありますよ」

「ああ、そうなの、おれには、よくわからないんだけど」

亀岡は朝から気持ち悪くてなにも食べてなかったし、先ほど吐いたせいで、胃袋は空っぽだった。

「あのさ、宇野くんなにか食べた？」

「食べてませんけど、配られた弁当ありますよ。持ってきましょうか？」

「いやさ、弁当はちょっと、油物多いから、きついな、なにか食べに行かない？」

「いいですけど」

二人はまた街に繰り出した。昨晩行こうとしていた寿司屋が開いていたので入ることにした。

二人はカウンターに座り寿司を握ってもらった。

「昨日の会計ってどうしたんだっけ？」

亀岡は言った。

「覚えてません」

「そうか。んじゃここはおれ奢るからさ。好きなもの食べて」

亀岡は言ったが、自分は胃袋の調子からいって寿司は三貫くらいしか食べられないだろうと思っていた。

最初は二人とも酒は飲まずお茶ばかり飲んでいたのだが、ちょっと一杯だけ飲みましょうかと、宇野くんが言うので、結局酒を飲み始めてしまった。

一杯が二杯と増えていき、店を出る頃には、調子良く酔っ払い始めていた。

亀岡は「なんだか調子戻ってきたぞ」と言っている始末で、宇野くんも、

「また行っちゃいましょうか」と言う。

「え？　昨日の店？」

「はい、シン子さんの歌聴きたくないですか？」

「そうだね」

二人はシン子さんのいる店に行き、また昨日と同じ身の上話を聞いて、涙を流しながら彼女の歌を聴いた。もう他のホステスもあきれていて、二人の席にはやってこなかった。

店を出たのは二時をまわっていた。宇野くんはまた自分の部屋がわからなくなり、亀岡と二人でベッドで眠った。

再び朝六時、亀岡は宇野くんを起こし、ロビーに向かった。前日とまったく同じで、昨日が今日のようにも感じられた。

マイクロバスに揺られて撮影所へ向かう途中、亀岡は吐きそうになるのを何度も我慢していた。

今日のシーンは亀岡が屋敷に侵入して、住人を殺すシーンだった。

亀岡が衣装に着替えホッカムリをして待っていると、監督が「亀岡ちゃん、昨日のアレ、素晴らしかったから今日もよろしくね」と言ってきた。

「はあ」

「期待しちゃってるからね」

「いや、今日は、大丈夫ですから」

監督が亀岡の肩を叩いた。ゲップが出た亀岡は、胃袋から酒がのぼってきて、気持ち悪くなった。

「粉ふき門司」シーン14

明け方の屋敷である。ホッカムリをした泥棒の善次郎（亀岡）が、仏壇を開けて、その中にある金の仏像を手に取って風呂敷の上に置き包もうとしている。そこに住人の又三郎がやってくる。彼は槍を持っている。

又三郎「おぬし、なにをしておる！」

善次郎焦って尻餅をつく。

又三郎、槍をかまえる。

又三郎「うちに代々伝わる、その、金の仏像を持って行こうというのか」

善次郎「……」
又三郎「その仏像はな、金が風化し、とてもいい風合いになっている。別名、金黒像だぞ」
善次郎はホッカムリの下から又三郎を鋭く睨んでいる。
又三郎「それを、持ち出そうというのか！」
又三郎は槍を突き出してくる。善次郎は咄嗟に仏像を手に持って、槍をよける。

すると槍が仏像に当たり、その反動で、仏像が亀岡の腹にめり込んだ。胃袋に仏像が押し込まれていく。

「うえッ」

耐えきれなくなった亀岡は仏像の頭に吐いてしまった。

しかし演技は続けた。カットもかからない。

苦悶の表情を見せた亀岡は、吐瀉物のついた仏像を又三郎に投げつけて、ひるんだ又三郎の胸に、持っていた出刃包丁を突き刺しにいく。

又三郎は胸を押さえて悶絶しながら倒れていく。

亀岡は包丁を引っこ抜き、口に付着した吐瀉物を腕で拭い、不敵に笑った。

「はいカーット！」

監督の声が響く。

亀岡はさらに気持ち悪くなり嘔吐しそうになるのをこらえていた。

「亀岡ちゃんどうしちゃったの、最高だよ！　最高で最強にリアルなことやってくれたね」

しゃっくりが出た。亀岡はまた吐きそうになった。

「すんません」

「最高なんだよ！」

亀岡の吐瀉物のついた仏像を困ったように小道具さんが眺めている。

監督は興奮していた。亀岡は便所に行ってさらに吐いた。

午後にも撮影があったので、亀岡は撮影所の脇にあるベンチで眠って身体を休めた。しかし一時間くらいそうしていると、顔が真っ赤に日焼けしてしまった。まずいと思って、タオルを冷やして当ててみたがどうにもならない。

次のシーンは亀岡が門司と鉢合わせになって、対決するシーンだった。撮影前、亀岡の真っ赤に日焼けした顔を見ると、メイクのおばさんが「亀岡さん、なにやってんですか」と怒った。

「そんな真っ赤な顔じゃ、どうにもなりませんよ」

メイクのおばさんはヒステリー気味で、「とにかく監督に相談しに行きましょう。本当に困っちゃいますよ」

と言って亀岡を監督のところに連れて行った。

「あの、亀岡さんのメイクなんですがね」

メイクのおばさんが言うと、監督は亀岡の顔を見て、

「おー亀岡ちゃんいいメイクしているね。人を殺して、興奮してきた男の感じが出てるよ。赤いの最高じゃない！」と大満足の様子だった。

メイクのおばさんは黙ってしまった。

「じゃあ、そういうことで」

亀岡はメイクのおばさんに小さい声で言った。

「粉ふき門司」シーン15

屋敷の塀から仏像を抱えた善次郎（亀岡）が飛び降りてくる。そこで粉ふき門司と鉢合わせする。粉ふき門司立ち止り、善次郎を一瞥する。懐に血の付いた包丁が光っているのが見える。善次郎のホッカムリが風に吹かれて外れる。

善次郎「仕方ねえ。顔を見られちまったら仕方ねえな」

門司「見なかったことにしてやってもいいけどな。オメエさんの懐に入っているものが、少し気になるが」

善次郎、ふところの包丁を握る。

門　司「どうも、その刃に見える赤いものは、ただ事じゃねえよな」
善次郎「けっ。回りくどい言い方しねえでもらいたいね」
門　司「そうかね。まあ、オメエさんなんて刀を抜くにもおよばねえ」

善次郎は仏像を置いて、もの凄い形相で包丁を握り、門司に突っ込んでいく。一方門司は余裕の表情で、刀の柄《つか》で、善次郎の腹を一打ちする。

腹のミゾオチにもろに刀の柄が当たり、亀岡はふたたび吐きながら、地面に倒れた。

「ハイカーット！」

亀岡はしばらく息ができなくなり、地面で悶絶している。門司役の役者が「すんません大丈夫ですか」と心配そうに言っている。

「だ、だいじょーぶです」

亀岡は苦しそうに立ち上がった。

「亀岡ちゃん。亀岡ミラクルだよ。ミラクルだよ！」

監督が興奮して叫んでいるが、亀岡はしきりに謝っていた。

もはや三シーンすべて嘔吐したということは、スタッフや役者の中では伝説になってしまった。亀岡の撮影はこれですべて終わりだった。

本当におれは演技なんかしたのだろうかと、まわりの盛り上がりとは裏腹に、申し訳ない気分になっていた。

「それでは、善次郎役の亀岡さんはこれで終了になります」

制作スタッフの間宮くんが言うと、大きな拍手が起こった。

亀岡はホテルに戻ってシャワーを浴び、ベッドの上でテレビを眺めていた。東京へは明日の朝帰ることになっている。

腹が減ってきた。今日は配られた弁当を食べて大人しく過そうと思っていたら、扉がノックされた。

宇野くんだった。

「亀岡さん、今日のアレなんですか、演技最高すぎますよ」

「いやいや」

「おれ、亀岡さんと同時代に役者をやっていられて、本当に良かったと思いますよ」

「そんなことないよ。おれより凄い役者なんてたくさんいるからさ」

「飲みに行きましょう」

「え？」

「行きましょう。昨日奢ってもらったんで、今日はおれ、勉強させてもらったんで、奢らせてください」

「駄目だよ。おれが奢るよ」

二人は、鶴岡の夜の街へ消えていった。

もちろん最後にはシン子さんの店に行った。

ぶりぶり
ブリッド

サンフランシスコ

以前モロッコで撮影したハリウッド映画で、亀岡は砂漠の商人の役をやった。スクリーンでは砂漠でラクダを引いている姿が映っているだけであったのだが、どういうわけか、「あのエキセントリックでセクシーな東洋人はだれなのか？」と話題になり、アメリカで公開されると、すぐにハリウッドから出演のオファーがあった。けれども亀岡は、「なにかがおかしい」と思っていた。自分がセクシーなんて言われる筋合いはない。アメリカではセクシーの度合いが日本とは違うのかもしれないが、そのように思われていることが、どうにも納得できなかった。

それに自分がハリウッドに行ったところで、どうにもならないという気持ちもあった。英語もろくに喋れないし、今から勉強する気もなく、ハリウッドで役者として成功してやろうといった野望なんてさらさらなかった。

日本の地方ロケで、素敵な居酒屋を見つけ、美味い酒にありつければじゅうぶん幸せになれるのだった。大きな役を射止めることや、役者としての野望はない。亀岡は、情けない日常を維持することが、演技に深みをつける最善の方法であり、自分のスタンスだと思っている。

しかし事務所の意向で、チャンスなのだから絶対に行くようにと言われ、あれよあれよという間に出演が決まった。亀岡のこだわりやスタンスなんていうものは、あっさり一蹴されてしまった。

今回の役は、ヘロインを密輸する香港マフィアの手下で、セリフはなく、出てきて早々、ライフルで撃ち殺される。向こうのエージェントとやり取りしている亀岡の事務所によれば、監督が亀岡のファンで、この役は亀岡しか考えられないと出演をオファーしてきたらしい。

前回の、モロッコで撮影した映画のスペッソ監督もそうであったが、外国人のファンがいるということは、どうも実感がわかない。彼等は、自分のことを役者ではなく、奇妙な生き物とでも思っているのかもしれない。

しかし今回、楽しみがひとつあった。撮影の場所はサンフランシスコで、ここは亀岡の大好きな映画、スティーブ・マックィーン主演の映画「ブリット」の舞台であるからだ。

映画「ブリット」は、スティーブ・マックィーンがブリットという名の刑事を演じ、サンフランシスコの街をフォード・マスタングGT390で駆け抜け、事件を解決していくもので、坂の街サンフランシスコでのカーチェイスのシーンは特に有名だった。

亀岡はこの映画を観て、スティーブ・マックィーンに憧れ、役者になろうと決心した。

もちろん自分がスティーブ・マックィーンの風貌からはかけ離れていて、なにもかもが違うということはわかっていたが、亀岡にとっては心の映画だった。かつて俳優の養成所に通っていた頃に、黒いタートルネックばかり着ていたのも、この映画による影響からだった。

サンフランシスコに行くにあたり、亀岡はブリットよろしく黒いタートルネックを着ていくことにした。それに撮影後一日余裕をとって、レンタカーを借り、ブリットのように車で街を走ってみようと考えていた。

当日は調布からバスに乗って成田空港まで向かった。荷物はボストンバッグ一つで、普段、地方にロケに行くときと変わりはなかった。

飛行機でウィスキーソーダを飲んだら眠くなってきた。亀岡は乗物に乗っていると、眠くなる性質がある。食事のとき以外は、ほとんど寝ていた。

目を覚ますとサンフランシスコの空港であった。入国手続きを済ませ到着ロビーに出ると、通訳の吉村さんが待っていた。今回は彼女がいろいろ面倒をみてくれる。会うのは初めてだったが、コピー用紙に「MR. KAMEOKA」と書いたものを持っていてくれたのですぐにわかった。

吉村さんはアメリカ人の旦那さんとともに、サンフランシスコに十五年住んでいる。

背が小さく、ぽっちゃりした体形で、眼鏡をかけている典型的な日本人女性の風貌だ。大人しそうに見えるが、見た目とは裏腹にアメリカナイズされていて、物事をはっきり言うタイプであった。

彼女は日本からやってくる劇団やダンスカンパニーのコーディネーターをやっていて、今回はたまたま時間が空いていたので、映画の制作事務所から頼まれ、亀岡の世話をしてくれることになった。

「亀岡さんですね？」

「はい。そうです」

「どうぞよろしくおねがいします」

しっかり亀岡の目を見て彼女は言う。亀岡は目をそらしながら、

「こちらこそ、どうぞよろしく、おねがいします」と言った。

二人は吉村さんが車を停めている駐車場まで歩いていった。

彼女は亀岡の出ている映画を何本か観てくれたらしい。

「昨日ＤＶＤで『ランドリー・ヘヴン』を観ましたよ」

「え？　ランドリー・ヘブン？　なんですか、それ？」

「亀岡さんが出演していた映画です」

「映画ですか」

「はい。ランドリー・ヘヴン」

「ランドリー？　ああ、それ『洗濯天国』ですかね？」

「そうですね」

「ありがとうございます」

吉村さんは観たと言うだけで、感想は言わなかった。

亀岡も感想を言われても困ると思った。「洗濯天国」という映画はコインランド

リーに集まる人々の群像劇で、亀岡の役は下着泥棒だった。乾燥機の中に入り女性下着にまみれてセンズリをこくシーンが話題になったが、そのことを言われるのはどうにも気恥ずかしい。

吉村さんの運転するトヨタの乗用車で、まずは滞在するホテルに向かった。

「アメリカは初めてですか？」

ハンドルを握る吉村さんが訊いた。

「学生の頃ですけど、ニューヨークに行ったことがあります。芝居を観て演技の勉強をしようと思ったんですけど」

「すると、どこかのカンパニーに所属されたとか？」

「いや、そんなんではなくて」

「ワークショップですか？」

「そうでもなくて、ただミュージカルとか観てまわったんですけど、ミュージカルさっぱり面白くなくて、普通に自由の女神を見たりして観光して帰りました」

「ミュージカルはお嫌いですか？」

「いや、よくわからないんですね。言葉もわからないし」

ホテルは中華街の近くにあるビルだった。チェックインを済ませると、吉村さん

は、

「もし、なにかありましたらここに電話をください」

と亀岡に名刺を渡し、

「では明日九時にロビーに迎えに来ますから、それで事務所に行ってから撮影現場に向かいます」とそそくさ帰ってしまった。

ご飯を食べにでも連れて行ってくれるのかと思っていたが、随分とあっさりしていたので、これがアメリカ式なのだなと思った。

部屋に荷物を置いて街に出た亀岡は、腹が減っていたので、目の前のチャイナタウンに向かった。

坂の街だと噂には聞いていたが、すぐに急な坂道になり、公園では中国系の人達がたむろしている。おばさんが夕陽に向かって太極拳をやっていて、チェスのようなゲームをしている爺さんたちで賑わっていた。

亀岡はしばらく中華街をうろつき、南海酒家というこぢんまりした店に入り、フライドライスとビールを頼んだ。中華街は、ここがアメリカだということを忘れてしまうくらい、店の中でも外でも大きな声で中国語が飛び交っている。フライドライスは量が多く、パサパサした米で美味しかった。

店を出て、もう少し街をうろついてみたかったが、飛行機であれだけ眠ったのに、移動してきた疲れからか、眠くなってきたので、大人しく部屋に戻り、ベッドで横になった。

次の日の朝、亀岡は早めに起きてホテルのラウンジでコーヒーを飲んでいると、吉村さんがやって来た。

彼女は紫のシャツに紫のズボンで、昨日とは違うド派手な格好だった。靴も紫である。今日は現場に行くからお洒落をしてきたのであろうか？　国が違うと色の感覚まで変になってしまうのだろうかと思った亀岡であったが、彼自身も黒いスラックスに黒いタートルネックという姿で、確実になにかがズレていた。

吉村さんの運転する車で監督の事務所に向かった。監督が撮影前に亀岡に会いたがっているのだという。

事務所は五階建てのこぢんまりした黒いビルで、一階には「地獄の黙示録」と「ゴッドファーザー」のポスターが貼ってあり、カフェにもなっていた。

亀岡は「地獄の黙示録」も「ゴッドファーザー」も大好きな映画だったので、ポスターを見ただけで興奮していた。エレベーターで三階に上がると監督の部屋があった。監督はシーハー・サンドラさんという女性で、日本でも人気があった。亀岡も彼女の作品は観たことがあった。面白いし映像も素敵なのだが、自分にはお洒落すぎると感じていたのも事実だった。

シーハー監督の「ロスト・イン・トランポリン」は日本でもヒットした作品だった。孤独な少女が庭にあるトランポリンで飛んでばかりいるのだが、ある日、少女は具合が悪くなってしまう。原因はトランポリンの飛びすぎで胃下垂になってしまったのだ。それでも少女はトランポリンをやめない。少女は言う。「トランポリンを飛び続けていれば、いつの日か空の中に頭を突っ込んでいけるかもしれないから」と。見上げればカリフォルニアの青い空が広がっている……。

大した内容ではないのだが、映像が叙情的で、カンヌ国際映画祭で賞も受賞した。シーハー監督は写真で見る限り理知的な美しい女性という印象であったが、事務所に入ってきた亀岡を見ると興奮して、「ＫＡＭＥＯＫＡ〜」と抱きついてきた。亀岡は、彼女の胸の膨らみを感じた。

それから亀岡に向かってベラベラとまくし立てるように英語で喋り始め、吉村さんが同時通訳してくれた。

「わたしは、あなたの映画、『モーレッツタンス漫遊記』の大ファンです。あなたは本当に素晴らしい俳優です。個性が、死んだように、埋もれていて、その死んだ個性が、再び、ピラミッドの中から蘇ってくるような、恐怖と畏怖を持ち合わせた、特殊な力を持っていると感じます」

言っていることは、さっぱりわからなかった。

シーハー監督の喋っていることが難しすぎるのか、通訳する吉村さんも混乱している様子である。

「今回の映画はほんの少しのシーンですが、それだからこそ、あなたが必要なのです。いうなれば、あなたは、世界に一つしかないスパイスと言っても過言ではありません。それを見つけたわたしは、世界に一つしかない料理をつくることができるでしょう」

吉村さんが訳してくれて、亀岡は適当に頷き「サンキュー」と言った。

シーハー監督が好きだという亀岡が出演している「モーレッタンス漫遊記」という映画は、箪笥を改造してエンジンをつけ、それに乗って旅する男二人の話だった。亀岡はデクノボウさんという役で、もう一人はドンパという若い男だ。二人は箪笥に乗りながら、走り屋の車とレースをしたり、老人を助けたり、暴走族に袋叩きにあったりしながら、様々な人に出会う人情を感じるロードムービーだった。

これがどういうわけかアメリカでカルト的に人気があるらしく、シーハー監督はDVDとポスターまで持っていて、サインをしてくれと頼んできた。外国で自分のことを知っていてくれる人がいるというのは嬉しかったが、日本でのしみったれた生活とのギャップを考えると複雑でもあった。

どうも亀岡が現場に直接向かわずここに来たのは、サインをしに来たようであった。

すると吉村さんが困った顔をして、

「仕事風に見せかけて、監督という立場を使い個人的に呼び出すなんて契約違反かもしれませんね」と言った。吉村さんの旦那さんは弁護士で、吉村さん自身も物事に白黒つけたいタイプらしい。

「ファンサービスですから」

亀岡は答えた。

「そうですかね。時間外の労働でもありますよ」

「いや労働ってほどでもないですよ」

吉村さんの顔が怖い。目が据わった感じになっている。

日本語で神妙に喋る吉村さんの顔を窺って、シーハー監督はキョトンとしている。

なんだか気まずい空気が流れていた。これから撮影なので、いざこざがあるのは困る。どうしようかと思って咄嗟に出た言葉が、「オーライ、オーケー、レッツゴー」だった。

自分の頭の悪さに恥ずかしくなった亀岡ではあるが、それが逆に良かったようで、吉村さんもシーハー監督も、気持ちが切り替ってくれたようである。

吉村さんの車に乗って向かった撮影現場は、貨物船などが入ってくる港で、サンフランシスコの街からは四十分ほどのところにあった。

現場に着くと、シーハー監督は先ほどのにこやかな姿とはうって変わり厳しい表情をしてスタッフに指示を出していた。しかし亀岡と目が合うと、親指を立ててにっこりと微笑んできたので、亀岡も親指を立てた。このように小さなところからアメリカナイズされていく。

亀岡はバスに乗り込んで、用意された衣装に着替えた。白いタンクトップに白い短パンだった。これが衣装なのかと思ったが、亀岡の素晴らしいところは、このようにどうでもいい衣装ほどよく似合うのであった。

今回は「アタッシュケース」という映画で、サンフランシスコに住む高校生が、ひょんなことからヘロインの密輸現場を目撃してしまい、マフィアに追われながら、サンフランシスコの街を徘徊する物語だった。

亀岡の役は港町のコンテナの上で見張りをしている香港マフィアの一員で、画面はライフルのスコープから覗いているようなカットになる。銃声が響くと亀岡がコンテナの上で撃たれて倒れるというシーンだった。

シーハー監督がやってきて、シーンを説明し、吉村さんが同時通訳してくれる。

「あのですね、あなたは、遠くに見える観念だと思ってください。つまりライフルのスコープから覗くあなたの姿は、どこか遠くの世界からやって来たアイデンティティのかたまりのようなものです。死の世界と現在を自由に行き来できるミイラのような存在です。だからあなたはライフルで撃たれて倒れてしまいますが、それは本当の死ではありません」

あいかわらずまったくわからなかった。吉村さんは困った顔をしていた。

「つまり、銃弾に倒れるものの、あなたの身体を突き抜けた弾は、怒りのかたまりになって、海の方へ消えていくのです。そしてなにもなくなります」

「ＯＫ」と亀岡が言うと、シーハー監督は神妙な顔をして頷いた。

実際のところ、なにを言っているのかわからなかったが、要は、ライフルに撃たれて死ぬというだけだ。

亀岡は今までに五十回以上撃たれ死んできた経験がある。監督は観念だなんだと言うが、ただ死ねばいい。銃弾が撃ち込まれたときに心境はいらない。あっさりと死ぬ。今まで何回も殺されてきた亀岡の考えだった。

亀岡は赤い錆びたコンテナにハシゴをかけて登った。海から冷たい風が吹いてきて、タンクトップからあらわになっている腕に鳥肌が立った。

カメラは遠くの小高いところから亀岡をとらえている。

亀岡は銃声の合図で撃たれて倒れる。三回本番を行い、「ＯＫ」になった。撮影はこれで終わりである。

シーハー監督は亀岡のところにやって来て、なにやら喋り始めた。吉村さんが同時通訳をする。

「あなたの演技には、宇宙のカオスを、ダイレクトに感じることができました。観念が遠くの方で鈴を鳴らして、待ち伏せをしているようでした。とにかく素晴らしかった。また、わたしの映画に出演してください」

シーハー監督は「センキュー」と言いながら亀岡に抱きついた。柔らかい胸が身体に押しつけられる。ついでに観念を飛び超えて、この胸を揉ませて欲しいと思った。

ホテルに戻ったのは夕方だった。吉村さんは仕事と割り切っているので、「それでは、気をつけて日本にお帰りください」とあっさり帰ってしまった。

明日はレンタカーを借りてサンフランシスコを見物しようと思っていたので、いろいろと訊きたいこともあった。

亀岡は部屋でシャワーを浴びて、またチャイナタウンに行って、昨日と同じ店に入り、フライドライスを食べて、ビールを飲んだ。

その後近くのノースビーチというイタリア人街に移動して、バーに入った。店の二階部分には欄干があり、そこがステージになっていて、ジャズバンドが生演奏をしていた。

この街の雰囲気に浸りたい亀岡であったが、どうもしっくりこない。店員はどこから来たのかと話しかけてくれたが、それっきりだった。地方の飲み屋でカウンターに座り孤独な気分で酒を飲むのは慣れていたが、ここはまわりの雰囲気がやたら明るいので、自分がいなくなってしまいそうな気がして、ウィスキーを一杯飲んで店を出た。

せっかく外国にいるのだから街の雰囲気を味わいたいと思いながら歩いていると、通りの向こうに派手な電飾が見えた。ストリップ小屋だった。

店の前まで行って光る電飾を浴びながら、中に入ろうか悩んでいると、口髭を生やしくたびれたダンガリーシャツを着た男が、入り口のところで手招きをするので、吸い込まれるように入店してしまった。

扉をあけると大音量でビヨンセが流れていた。赤いライトが光っている。このいかがわしさは、まさしくニューシネマあたりのアメリカ映画で観たことがある雰囲気だった。

亀岡はバーカウンターでウィスキーソーダを頼んだ。しかし出てきたのはウィスキーコークだった。文句も言えないので素直に受け取り、舞台の方に向かった。客は十五人くらいだろうか、中央のステージで女性がポールダンスを踊っている。すでに亀岡は映画の中にいる気分だった。

昼間、コンテナの上で殺された人物とはまったく違う。サンフランシスコの刑事になっていた。

「これだよこれ、この感じだよ」

亀岡はストリップ小屋に潜入した刑事だった。ブリットで、スティーブ・マックイーンだった。

踊り子は、金髪、東洋人、黒人と、何度か入れ替わり、ブルネットのポールダンサーになった。彼女は亀岡のことを見てウィンクをしてきた。亀岡もウィンクをし返した。

彼女は亀岡の目の前にやってきて、尻を突き出し、数センチのところでぶるぶる震わせた。亀岡は十ドルのチップをパンティの腰ゴムに挟んだ。

ダンスが終わるとブルネットが亀岡のところにやって来て、耳元で「プライベートダンス?」とささやいてきた。息はブルーベリーのような匂いがして、クラクラした。「OK」と亀岡は言って、二人は奥にある個室に行った。

プライベートダンスとは女性が膝にまたがって踊ってくれるものである。ブリットでこのようなシーンはないが、亀岡がなりきるブリットは、ここで聞き込みでもしたいような雰囲気だった。

彼女の名前はレボンというらしい。テキサスの出身で、歌手を目指しているのだという。しかしそれくらいのことを聞き出すくらいの英語力しか亀岡にはなかった。

彼女は亀岡の手をとり自分の尻にあてがった。亀岡は尻を撫でて揉んだ。弾力があって、柔らかくて、スベスベしている、最高級の尻だ。亀岡は延長を二回重ね、チップを弾んだ。

店を出てもレボンの尻の感触が忘れられず、頭から抜けない。触りたい。叩きたい。どうしようもないくらい興奮が続き、考えるほどに亀岡の股間は膨張していく。我慢のできなくなった亀岡は、ズボンのポケットに手を突っ込みペニスをいじくりながら歩いていた。

ズボンの中で勃ったペニスはあえぐように折れまがり、もうどうしようもなくなっている。早くなんとかしてやらなければと思った亀岡は、部屋に戻るまで我慢しきれずに、ホテルの前の公園に寄り、どうせ変態の国だから構わねえと、小便をするフリをしながらズボンのチャックを開け、ペニスを出して、木の前でしごいた。公園では、向こうのベンチに浮浪者が一人眠っているだけだったので、彼になら見られても構わねえと思っていた。

レボンの柔らかくスベスベした尻を思い出しながら、目をつむる。興奮して激しくしごく。射精、フワーっと身体の力が抜けていく。

すると突然、後ろから声をかけられた。振り返ると、一九〇センチくらいはありそうな大きな黒人の男が立っている。

まずい。ここは変態の国でもあるが、犯罪の国でもあった。亀岡のチャックからは、イチモツが飛び出したままになっている。

男はなにやら甲高い声で喋っている。恐ろしくて、亀岡は動けなくなっていた。

だが、どうもおかしい。男の話し方はソフトで、顔は笑顔だった。彼は亀岡のペニスを指してにこやかになにか喋っている。目をトローンとさせながら、身振り手振りでなにやら伝えている。ようやくわかったのだが、どうも男は亀岡のペニスをしゃぶらせろと言っているらしいのだ。

血の気がひいて身体が冷たくなった。亀岡は「ノー」と言って、急いでイチモツをチャックの中にしまった。男は残念そうな顔をしているが、襲いかかられたら、抵抗しても確実に無駄だろう。亀岡はもう一度「ノー」と言って、走ってホテルまで逃げていった。

部屋に戻り、シャワーを浴び、ベッドで横になって、レボンの尻をまた思い出そうとしたが、公園の黒人の姿しか思い出せなかった。夢でもさっきの黒人が出てきて、夜中に何度も起きてしまった。

朝は八時に起きて、部屋で黒いタートルネックに着替えた。本日はブリットになる日であった。

本当は肩にホルスターをつけ銃を持ちたいところであったが、それは気持だけで、鏡を見ながら、つけるフリをした。

エレベーターで一階に下り、ホテルのラウンジでコーヒーを飲んでから近くのレンタカー屋に行った。そこは日系の人が働いていて片言の日本語を喋ることができることを事前に調べてきていたので、簡単に車を借りることができた。

車は、ブリットが乗っていたフォード・マスタング GT390 を借りたかったのだが、もちろんそんな化け物みたいな車は置いてはいなかった。それでも最近のマスタングはあるだろうと思って「マスタング、マスタング」と馬鹿の繰り言みたいに訊いてみると、マスタングはこのレンタカー屋には置いていないらしく、結局、ホンダの赤いファミリーカーを借りることになってしまった。

どうもしっくりこないなと思いながらハンドルを握りエンジンを掛けた。

空は曇天で、今にも雨が降り出しそうだった。

まずは街中をぐるぐるまわった。坂を登りきると海が見え、下っていくと海に近づく。車線は日本と反対なので、何度か間違えそうになってヒヤヒヤしたが、すぐに慣れた。とにかく車で街を走っているだけで楽しかった。

途中でコーヒーとドーナッツを買い、街の景色を眺めながら車の中で食べた。まるで張り込みをしているような気分になっていた。

そこはヘイト・アシュベリーという地区で、しょぼいジャンキーや麻薬の売人みたいな男達がたくさんいた。

「こいつらは雑魚だ。こいつらに命令を出している黒幕がいるはずだ。おれはそいつを狙っているんだぜ。雑魚に用はない」

そんなセリフを亀岡は心の中でつぶやいた。

突然、車のフロントガラスを「バッコン！」と手のひらで叩かれた。浮浪者だった。亀岡は驚いた勢いで持っていたコーヒーをこぼしてしまった。フロントガラスには手の形になった油汚れの跡が残った。

浮浪者はなにやら怒鳴っている。わけがわからなかったが、亀岡はキーをまわしてエンジンを始動させ、車を走らせた。

その後も街を走りまわって、ゴールデン・ゲート・ブリッジを渡った。左右に広がる海に興奮しながら、ブリットのテーマソングを鼻歌で唄った。

対岸の港町までやってくると雨が降ってきた。雨は強く降り出し、視界が遮られるほどになった。

亀岡はダイナーに入ってコーヒーを頼み、読めもしない英字新聞を眺めながら雨脚が弱くなるのを待ってみた。だが強くなるばかりだった。レンタカーを返す時間も迫ってきていたので街まで戻ることにした。

再びゴールデン・ゲート・ブリッジに乗ると、ハンドルを取られてしまうくらいの強風が吹いていて、フロントガラスには雨がバシャンバシャンぶち当たってきて、ワイパーはほとんど意味をなしていない。

ようやく橋を渡りきることができたが、今度は前方の坂の上から川のように水が流れてきている。

さっきまではハードボイルド映画の気分であったのに、これではまるでパニック映画であった。

道路に溜まった水かさは車のタイヤを覆うくらいまできていて、エンジン音もなんだかおかしくなっている。とにかくレンタカー屋まで戻らなくてはならない。

しかし一時停止でブレーキを踏んで車を止めると、エンジンは「プスンプスン」と変な音を立てながらフェード・アウトするように止まってしまった。

キーをまわしても「クスンクスン」としか音を立てず、雨が降りそそぐボンネットから霧のように煙が立ちのぼり始めた。エンジンは、もううんともすんともいわなくなってしまった。

さらにこの場所は、建物が灰色で、人気はなく、雰囲気があまりよろしくないところだというのが感じられる。

どうしたらいいものかとハンドルを握って呆然としていると、崩れかけたビルの隙間からボロボロの格好をした煙のような男が出てきて、フロントガラスを叩き、なにやら喋っている。口の中の歯はほとんどなくて、男はボンネットを開けろとゼスチャーをしている。

亀岡が窓を開けると、「フィフティーダラー、フィフティーダラー」と言っている。五十ドルくれと、言っているらしい。「アイ　キャン、なんたらかんたら　イージー」とも言っている。車を直せると言っているらしい。

こんな男に直すことができるのだろうか。亀岡は疑ったが男はさも自信満々の顔である。

どちらにしてもこのままではどうにもならないので、亀岡は車の外に出て、男に五十ドルを渡し、ボンネットを開けた。

男は五十ドル札を丁寧に折り畳んで胸ポケットに仕舞い込んだ。そして開けたボンネットに手を突っ込んで、バッテリーのコードを引っぱり出し、もう一方のコードを握った。その瞬間、光がスパークし「パッツン！」と弾ける音がして、男はアスファルトにぶっ倒れた。

男は動かない。元々チリチリだった髪の毛からは、焦げたような臭いがする。困った。どうしたらいいのかわからなくなってしまった。こんなときブリットならば、などといった考えは一切浮かばなかった。

亀岡は通りの向こうに公衆電話を見つけ、走ってそこまで行き、吉村さんの名刺を財布から出し、電話をした。

吉村さんはすぐに電話に出てくれた。亀岡が事情を伝え、通りの看板を見て名前を言うと、「なんでそんなところに行っちゃったんですか。そこは地元の人も行きませんよ!」と怒られ、とにかくすぐに車で迎えに行きますからと言ってくれた。

電話を切り、車に戻るとぶっ倒れていた男はむくりと起き上がった。ニタリと笑い、親指を立てて突き出し、「グッドラック」と言って何事もなかったようにビルの隙間に消えていった。

雨の中、亀岡は吉村さんを待っていた。ブリットの黒いタートルネックも黒いズボンもびしょ濡れである。もはやブリットではなく、間抜けな主人公である。どちらかといえば、今のおれはウディ・アレンに近いかもしれないと思った。転がるように、ドジを踏み続ける。

吉村さんはアメリカ人の旦那さんと一緒に、十分くらいでやって来た。亀岡がびしょ濡れで立っていると、旦那さんは車の中からバスタオルを出して渡してくれた。バスタオルは犬のニオイがした。

吉村さんはレンタカー会社に電話をしてくれ、旦那さんの車の中でしばらく待っているとレッカー車がやってきて、車を運んでいった。

びしょ濡れの亀岡に吉村さんは、このままじゃしょうがないので、家に来たらどうですかと誘ってくれた。

彼女の家は高級住宅地の坂の途中にあるマンションの一室で、落ち着いた素敵な家だった。車が立ち往生した地区とはまったく違い、ここが同じ街だとは思えなかった。

亀岡は旦那さんの灰色のトレーナーとスウェットパンツを借りた。トレーナーには赤茶けた文字で「ＨＡＲＶＡＲＤ」とあった。

旦那さんはマークさんといって、背が一九〇センチもあるので、亀岡にはダボダボのサイズだった。

「夕飯を食べていきません？」

吉村さんは言う。

本当は今晩もう一度ストリップに行って、レボンの尻を撫でまわしたい気持ちもあったが、彼女の好意に従うことにした。ビーフストロガノフ、新鮮な野菜のサラダ、そして、カリフォルニアワインを飲ませてもらった。

ワインはあまり飲まない亀岡であったが、やたら美味くて、すでに三本目を開けていた。

マークさんはカリフォルニアのワイン畑に出資しているらしく、「まだまだありますから、好きなだけ飲んでください」と言ってくれる。

マークさんは日本に留学していたことがあって、そのときに吉村さんと出会ったらしい。

二人に子供はいないが、大きなシェパード犬を飼っていた。シェパードはタオルが好きらしく、ずっとタオルと戯れていて、亀岡のことは見向きもしない。亀岡は大きな犬が苦手なので、じゃれてこられたらどうしようかと思っていたが、その心配は無用であった。

家にいる吉村さんは、仕事のときのようにキリッとして鋭い感じの目ではなく、終始にこやかだった。

仲の良い夫婦なのだろう。二人を見ていたら家庭を築くということが羨ましく思えてきた。

この先も自分は家庭を持つことはできないだろうと亀岡は諦めていた。幸せとは、無理して摑むものではなく、自然にやってくるものなのだろう。

亀岡の日常は情けないことばかりで、不自然で不条理なことばかりがのしかかってくる。だがその体験や経験があるからこそ、間抜けなバイプレイヤーとして、身をたてていられるのだという自負もあった。たぶん幸せな家庭など持ったら、自分を使ってくれる監督などによく言われるような、「阿呆な魅力、奇怪な雰囲気」は消え失せてしまうのだろう。そんな恐れもあった。

マークさんは日本の演歌が好きで、特に石川さゆりが好きらしい。酔っ払った亀岡は、マークさんのギター伴奏で「津軽海峡冬景色」を唄った。

亀岡の歌があまりにも上手なので、吉村さんもマークさんも大喜びで、立て続けに三回唄った。

その後マークさんが、ダスティン・ホフマンの主演映画「卒業」のテーマソング、「サウンド・オブ・サイレンス」を披露してくれた。吉村さんもハーモニーで一緒に唄った。

それに応えるように、亀岡は、映画「真夜中のカーボーイ」のダスティン・ホフマンが演じたラッツォの真似を披露した。この映画も好きな映画で、何度も観ている。

亀岡は鼻の詰まったような声を出して、変な歩き方で部屋をぐるぐるまわった。あまりにも似ているので、マークさんも吉村さんも大笑いをした。

そして名場面、ラッツォがバスの中で小便を漏らして死ぬシーンをソファーに座って演じた。酔っていたのもあるが、あまりにも熱演してしまったので、本当に少し小便を漏らしてしまい、灰色のスウェットに染みができてしまった。トレーナーを引っぱったり、手で覆って乾くまでしきりに隠した。

一方で亀岡の熱演に、吉村さんもマークさんも感動して大きな拍手を送った。吉村さんは目を少し潤ませていた。

その晩は夜中までワインを飲み、タクシーを呼んでもらい、ベロベロに酔っ払った状態でホテルに戻った。

帰国の飛行機はお昼の出発である。亀岡はホテルの部屋でギリギリまで眠り、タクシーで飛行場まで向かった。完璧な二日酔いのため出国ロビーの椅子でうなだれるように寝入ってしまった。

「カメオカ、ミスターカメオカー」

放送が聞こえ、目を覚ました亀岡は搭乗口まで走った。

飛行機は亀岡以外の人の搭乗が終わっていて、乗り遅れた亀岡は、「すいません、すいません。ソーリー。すんません」と謝りながら自分の席に着き、離陸と同時に気持ち悪くなってエチケット袋に吐いた。

まるで天から授かったかのように、情けないことが次から次にやってくる。「生きるって恥ずかしいことなんですね」

そんな言葉が頭をよぎり、やはり自分はブリットに程遠い存在なのだと思った。それよりもラッツォに近い。でもこのまま死にたくない。小便も漏らさないようにしよう。

エチケット袋を持って目を充血させていると、隣に座っていたおばさんが睨んでいた。

「すいません」と謝ったら、舌打ちをされた。

解説　夢とうつつ

山﨑　努

×月×日

久しぶりに蕎麦屋でカツ丼を食う。

若い頃、芝居の公演でよく地方を回ったが、どこへ行っても外食はきまってカツ丼だった。その地の名物が牛肉であれ魚介であれ、迷わずカツ丼、漬けもの付き。どこのも同じように実に実に旨かった。もう丼物は重すぎて長い間敬遠していたのだが、戌井昭人の小説『俳優・亀岡拓次』（ＦＯＩＬ）に出てくる旅先での飲食の情景に刺戟され、なつかしくなってトライしてみた。

カツ丼はやっぱり旨かった。後半、腹が膨れどうにも苦しくなって飯は残した。それでもとろける味と嚙み心地に満足。いける、まだいけるぜ。

「俳優・亀岡拓次」が、ロケ先の赤提灯で一人ビールを飲んでいる場面から小説は始まる。肴はコロッケと御新香。ん、これは今もおれの大好物。彼がコロッケにかけたのはトンカツソースかウースターか。おれはウースターと醬油をどちらも小量、ちょろっとたらすけど。

というわけで、冒頭から亀岡さんの世界にすなおに誘導されてしまった。亀岡さんはカウンターの中の女性にさり気なく酒をすすめる。そして彼女の「微笑みを自分に好意がある証しなのだと、あえて勘違いすることにした。／独り身の寂しさには、勘違いでも、潤いが必要だった」。

亀岡さんは三七歳、身長一七二センチ、筋肉質、色黒、天然パーマの頭部が少し薄い。眠たそうな目はほのぼのととぼけた印象だが、暴力シーンでは逆にその目が恐ろしく映る。役どころは、浮浪者、下着泥棒、強盗、農夫等々のバイプレイヤーで「ああ、どこかで見たことがある」という程度の認知度。いつも首を縮めているのはどこにいても「自分の居場所がここじゃないと感じている」から。恋人もいない、貯金もなしの地味な生活。大きな役を射止めるという野望もない。「情けない日常を維持することが、演技に深みをつける最善の方法」と思っている。二日酔いで演技中に何度もゲロを吐き、「ミラクルだよ！」と監督絶賛、この迫真のゲロ連発技は大評判になる。

待ち時間が長くても全く苦にしない。ぷらぷら街を散歩してのんびり過ごす。銭湯をみつけてふらりと入る。湯が熱すぎて浴槽に浸かることができず、これは「もの凄い」敗北感。腹が減ってきて蕎麦屋にふらり。もりそばは「もの凄く」腰があって顎が疲れたけれどそんなことはどうでもいい。仕事に戻りスタンバイ。ところが共演の女優さんが来ない。イライラあたふたするスタッフをよそに亀岡さんは現場のソファに坐って居眠り。やがて相手が現れ、「こんにちは」。「よろしくね」と屈託なく応え、そのままの調子で、「今日もキレイだなあ」と演技を開始する。フィリピン・クラブに通いつめるしょぼくれたスケベ男の役なのである。ややこしい理屈をこねたりしない。決められたスケジュールに従ってのこのこ出かけて行き、用意された衣裳を着て指示どおりカメラの前に身を曝す。いや曝すなどという大げさな意識はない。

ほどほどにいいかげんな有りようがすばらしい。堅苦しいこだわりがない分亀岡さんは自由だ。せりふを忘れたってそれはそれ、出任せのアドリブで軽々とこなしてしまう。要するに彼にとって日常と虚構は地続きなのだ。すたすたずかずか出入りする。

ハリウッド映画に出たときはさすがの亀岡さんもいささか戸惑った。台本も渡されず、役柄も皆目わからず、モロッコの砂漠にこい、と航空券だけが送られてくる。もちろん亀岡さんはいく。道中いろいろあって、ようよう現地に辿り着く。さて、で、どうすればいいの。わたしはなにをやればいいの。

「向こうの方でラクダを引いて、歩いてください」「はい。それから?」「それだけです」。手綱を持って延々と歩く。「もの凄い」暑さで頭がクラクラ、なにがなんだかわからない。なにをしようにも手がかりがない。「どこまで歩かされるのだろうか？」。熱中症寸前で「カーットOK！」カメオカさん最高、とここでも大賛辞。以上で撮影は終りです。え？　そのあとも放ったらかし。いったいこれはなんだったのかな……

この状況に似た悪夢に時々俳優はうなされる。何者になればいいのか知らされず、無理矢理舞台に押し出される。派手な照明が当てられる。困った、どうしよう。落ちつけ、なんとかなる、これまでもなんとかなってきたんだ。そうだ、他人の気配にリアクションしていれば、そのうちに「役」の見当もつく、と必死に探る。しかしいつまでたってもヒントはない。困った困ったで目が醒める。

でも亀岡さんはそれほど困っていないようだ。大体がぷらぷらぷらりと夢のような暮らしをしている男なのだ。

赤提灯の女の気を惹くためにオムツをして飲みにいく件りがケッサク（なぜオムツかは下ねたの前段がある）。結局はふられ、オムツ姿を披露できずに帰る道すがら「亀岡は小便をしたくなった。オムツを穿いているので、このましても問題ない。少し迷って、歩きながら、ちょろ、ちょろ、と小便を出し、もう構わねえやと一気に出し始めると、股間が温かくなってきて、身体から力が抜けていった」。この芸当はかなり難しい。

戌井昭人は愛すべき自然体の「どんぶらこ」的不良俳優像を作り上げた。亀岡さんにはストーリーやキャラクターを与えなくていいのかもしれない。シチュエーションのみ示してやれば。

（『柔らかな犀の角』より転載）

＊

以上は、四年前、週刊文春二〇一一年一一月二四日号の「私の読書日記」に載せた感想文。

その後、去年、ある雑誌で戌井さんと対談する機会があり、「亀岡さん」の「ぷらぷらぷらり」の行状を肴に、思えば僕らもどちらかといえばぷらぷら人間だなあ、などと語り合い、愉しい時間を過ごした。

それからも『俳優・亀岡拓次』は大好評で読者を増やし、とうとう映画化されることになり、なんと僕にも出演依頼がきた。ゲロ連発技を絶賛する監督役で、もちろん即引き受け、今年四月、上諏訪でロケをした。主人公を演じる安田顕さんは文句なしのどんぴしゃり、戌井さんもゲロ技にやられてしまう侍役で参加、二人を相手にしていると、亀岡さんもどきが三人集まったみたいな妙な気分になって、おもしろかった。

加えて今回の文庫版にもこうして関わらせてもらい、亀岡拓次はもう親しい友人、といった感じ。そして彼のおかげで、俳優業も満更でもないな、と改めて思ったりしている。

小説のなかに、任俠映画で一世を風靡した名優が出てくる。七二歳のこの国民的ヒーローは、酒も飲まず煙草も吸わず、黙々と筋トレに励み、身体を鍛えている。昼食は大きなタッパーに詰めたブロッコリーのみ。柔らかく煮た自家製で塩すらかかっていない。もう二〇年以上、昼はこれしか食わないのだという。便通が良くなる美容健康食なのである。指でつまんで、ゆっくり噛んで、飲み込む。特別旨そうではないが、淡々と食う。

老優は普段も当たり役の極道のようにふるまう。若いスタッフ、俳優にも敬語で喋る。「すんません」「芝居の邪魔にならねえですかね？」とヤクザ口調がかっこいい。どうやら夢（役柄）がうつつの方に滲み出てしまっているらしい。

わが亀岡さんは、この極道まがいの老人にすっかり参ってしまい、兄弟の契りを結ぶ。いささかコッケイだが、その軽薄さも彼の魅力。実は僕も老名優の食いっぷりに感化され、嫌いなブロッコリーを好んで食うようになった。塩は少しかけるけど。

（俳優）

二〇一五年九月

文春文庫

俳優《はいゆう》・亀岡拓次《かめおかたくじ》

定価はカバーに表示してあります

2015年11月10日　第1刷

著　者　戌《いぬ》井《い》昭《あき》人《と》
発行者　飯窪成幸
発行所　株式会社　文藝春秋

東京都千代田区紀尾井町 3-23　〒102-8008
TEL　03・3265・1211
文藝春秋ホームページ　http://www.bunshun.co.jp

落丁、乱丁本は、お手数ですが小社製作部宛お送り下さい。送料小社負担でお取替致します。

印刷・大日本印刷　製本・加藤製本　Printed in Japan
ISBN978-4-16-790490-6